# 太陽はひとりぼっち

RURIKA SUZUKI
鈴木るりか

小学館

# 太陽はひとりぼっち

鈴木るりか

小学館

目次

# 太陽はひとりぼっち

鈴木るりか

# 太陽はひとりぼっち

「暑い時は、あんこ職人の灼熱地獄《しゃくねつじごく》を思え。寒い時には、シベリアに抑留《よくりゅう》された三波春夫《みなみはるお》の極寒《ごっかん》地獄を思え」

酷寒酷暑《こっかんこくしょ》の季節になると、お母さんは必ずこう口にする。

あんこ職人は小豆を炊《た》くその作業がいかに過酷か、それこそ熱く語る。火のそばでつきっきりであんこを煮《に》詰《つ》める際、あんこがマグマのようにはねるという。それを思えば夏の暑さなどどうということはない、と。

ほかにも暑さに耐える職業はあるだろうが（たとえばクリーニング業とか鋳物《いもの》関係とか。何よりお母さん自身が、炎天下《えんてんか》、工事現場で働く肉体労働者であるのに）、なぜあんこ職人かというと、あんこはお母さんの大好物だからだ。

国民的歌手・三波春夫のシベリアの極寒地獄というのは、以前そのようなテレビを見ていたく感銘《かんめい》を受けたらしい。凍《い》てつくシベリアの地での労働は想像を絶するそうだ。生きたまま人が凍《こお》るとか。三波春夫の見た極寒地獄を思えば、日本の冬の寒さなどどうということはない、と言うのだ。

しかしいくらあんこ職人や三波春夫のことを思っても、暑い時は暑いし寒いものは寒いのだ。去年の夏は格別に暑かった。暑さで死ぬ人までいたほどだ。とてもエアコンなしでは暮らせないが、エアコンを使う時に感じるかすかな罪悪感。お母さんが昼間働きに出ている時に、家でひとり自分のためにだけエアコンを使うのには抵抗《ていこう》がある。なるべく扇風《せんぷう》機《き》でしのごうともしたが、そんなものでは到底《とうてい》乗り切れないほどの、まさに酷暑だった。

「お大尽《だいじん》は夏涼《すず》しく生活して、冬は暖かく暮らしている」とお母さんは言うが、別にお大尽でなくとも、今時はそれが人間らしい普通《ふつう》の生活だろう。

お母さんは「お金持ち」よりも「お大尽」という言葉を好んでよく使った。大家《おおや》のおばさんもだ。この言葉を使うのは、私の知る限りこのふたりしかいない。もっともその使い方も「紙袋《かみぶくろ》がいっぱい溜《た》まった」「よっ、袋大尽!」「カイワレ大根がこんなに増えた」「よっ、カイワレ大尽!」という程度のもので、さして重みがない。

本物のお大尽というのはテレビで時々目にするような、部屋がいくつあるのか自分でもわからないような豪邸《ごうてい》に住むとか、自家用ジェット機があるとか、月へ行くとかいう人たちで、こうなるともはやファンタジーの世界だ。

そのような人たちと、年がら年中些細《ささい》なお金に困っている我が家の違《ちが》いは何だろうか。そういう星の下《もと》に生まれたと思うしかないのか。お金は天下の回りものというが、どうもお金はそういうお大尽の間だけを回っているようで、なかなかこっちには回ってこない。わずかなおこぼれさえも。

わずかなおこぼれにもありつけない人からも、取る時は容赦《ようしゃ》ないのが世の中だ。

私はこの春中学に入学した。

地元の公立校だが、お母さんは制服の注文書に目を剝《む》いた。

「えっ、制服一式が七万円？　体操着が二万？　水着と帽子《ぼうし》で一万、上履《うわば》きと体育履き合わせて七千円で、カバンが八千円？　全部で約十二万って、これイートン校の申し込《こ》み用紙、間違えてもらってきたのかいな」

イギリスのイートン校ならこんなもんじゃないと思うが（第一あそこは男子校だ）、ふざける口調《くちょう》とは裏腹に、お母さんの眉間《みけん》のシワは深かった。確かにこれは高いなと私も思った。だからって買わないわけにはいかない。

「三年間で十二万。一年四万、一ヶ月にすれば三千円ちょっと、一日百円か」

そんな計算をしたところで現実は変わらないのだが、そう考えることでお母さんは少し落ち着きを取り戻《もど》したようだった。

「一年中制服で暮らすか」

と、無茶なことを言う。

値段を聞いたアパートの大家のおばさんも「あらまあ、制服ってこんなに高かったたっけねぇ？」と眉《まゆ》をひそめた。

「私たちの時代は、姉や親戚《しんせき》の子のお下がりをもらったりしたもんだけど。ああ、そうだ、私の知り合いに、この三月に中学を卒業した娘《むすめ》さんがいる家があるから、ちょっと聞いてみてあげるよ」

その言葉を当てにしていると、数日後大家さんは確かにブレザーの制服の上下をうちに持ってきた。

「うわっ、まだ綺麗《きれい》じゃん。これなら十分《じゅうぶん》着られるよ。サイズもちょうど良さそうだし」

身を乗り出すお母さんだったが、どこか違和感《いわかん》があった。校章に「四中」と見て取れる。

「これ、四中ってあるけど？　私が行くのは三中なんだけど？」

すると大家さんは「やっぱ、ダメかね？」と、ぺろっと舌を出した。

「いや、こういうのは大体どこも同じようなもんじゃないの？　紺《こん》のブレザーにひだスカートなんだからさ。ぱっと見、遠目にゃわからんて」

お母さんまで無茶なことを言い出す。学校生活において、常に先生や生徒から遠目に見られる状況《じょうきょう》に自分を置くなんてできるわけがない。

「それか常に動いていて、目の錯覚《さっかく》を利用し、四中の制服と悟《さと》られないようにする」

「イリュージョン！」

ふたりが大笑いする。

中学生活を始めるに当たり、既《すで》にこの時点で私だけマイナスからのスタートという気がしてならない。と案じていたら、ちゃんと一式新しいものを購入《こうにゅう》してくれた。だったら最初から素直に買ってくれたら良かったのに。うちは、どうもこういうひと騒動《そうどう》をしないと収まらないのかもしれない。確かに手に入れた時のありがたみと嬉《うれ》しさは増す。真新しい制服を前に、感動していた。

「良かった、ちゃんと普通の制服で」

この気持ちは、何でもすぐに手に入るお大尽にはわかるまい。

「この四中の制服も、一応取っておくからね。何かあった時のために」

それでもまだお母さんはそんなことを言う。何かあった時って？　と聞くと、

「失くしたりした場合だよ」

当たり前のように返ってきた。

これは、何があっても死守せねば、大事にしよう、という気持ちになる。全くお金はありがたい。

お金では買えないものがある、と言うけれど、またそれは真実であるとは思うが、お金がなければ、お金で買えるものも手に入らないのだ。

「お母さんも、伸《の》びきったパンツをギリギリまで、ごまかしごまかし穿《は》き続けて、それでようやく満を持して新しいパンツに替《か》えると、やっぱこれが気持ちいいんだわ。もう精神まで、しゃきっとする感じ。そういう時、ああお金ってありがたいよなあ、ってしみじみ思うよね」

どこでありがたみを感じるかはともあれ。

かくして私は無事に中学生になれたのだった。

でも中学には仲の良かった真理恵《まりえ》や美希《みき》はいない。木戸《きど》先生もいない。六年生の後期に

隣《となり》の席になった三上《みかみ》くんは、寮《りょう》のある山梨《やまなし》の学校に行ってしまった。

変化といえば、激安堂《げきやすどう》が閉店したのも衝撃《しょうげき》だった。うちの食生活を支えてくれていた激安堂が店じまいしたのはこの春で、食料のほぼすべてを、この店に頼《たよ》りきっていた我が家は途方《とほう》にくれた。

「どうしよう。あそこがなくなったらもう生きてけないよ。これからどうしたらいいんだろう」

リーマンショックなどうちでは塵《ちり》ひとつ動かなかったが、激安堂の閉店は大打撃《だいだげき》だった。

そのことを知った日、お母さんはほかの常連客と一緒《いっしょ》になって「裏切り者ーっ」と社長を取り囲んで責め立てたが、裏切るも何も、もとを正せば、ただでさえ安い激安堂の商品を何だかんだ言ってさらに負けさせて、薄利《はくり》に拍車《はくしゃ》をかけ、結局激安堂の寿命《じゅみょう》を縮めたのは自分たちなのに。

「賞味期限近いんだから半値、半値」と迫《せま》る客に「しょうがないなぁー。でもこんなことしてたらうち潰《つぶ》れちゃうよー」と社長が冗談《じょうだん》めかして言っていたが、それが現実になったのだ。

実際問題、建物自体の老朽化《ろうきゅうか》もかなり進んでおり、建て直して店を再開するのは、とても割に合わないらしかった。そこを売った跡地《あとち》にはマンションが建つという噂《うわさ》だった。

「明日っからどうやって生きていけばいいんだよぉ？　もう生きていけないよぉ」とお母さんは数日大げさに嘆《なげ》いていたが、当然そんなことはあるはずもなく、なければないでそれなりに暮らしていくだけだ。

真理恵や美希、木戸先生、三上くんがいなくても私の中学生活は始まり、激安堂がなくてもしっかり生きている。

変わらないようでいて変わるのだ。街も人も。

工事現場で働く肉体労働者のお母さんは、腰痛《ようつう》が以前よりひどくなったというが、それは加齢《かれい》と働きすぎで、大家さんは膝《ひざ》の痛みが悪化したというが、それは以前よりまた肥えたからだが、これも変化といえば変化だ。

「なーんにも変わんないのって賢人《けんと》ぐらいだよ。賢人って、私が小さい時からずーっとこんなだもんね。ずっと濁《にご》ってる感じ」

「濁って、って。結構失礼なこと言うよね、君」

賢人は大家さんのひとり息子《むすこ》で、アパートの隣に一軒家の自宅があるのに、昔、今は亡き父親に追い出されて以来、このアパートの二階に住んでいる。二十代らしいが職につかずぶらぶらしている、いわゆるニートだ。私が保育園に入る前からずっと。

「それに賢人、賢人って、呼び捨てにするけど、俺《おれ》、かなり歳上《としうえ》なんだけど？」

「じゃあ大家の息子、二階の無為《むい》の人、ミスターニート」

「賢人でいいです。いや、むしろ賢人でお願いします」

今でこそ私に言い負かされる賢人だったが、これでも昔は神童と呼ばれていたほど賢《かしこ》かったそうで、まさに名は体を表すだったとか。私立の難関男子校に中学受験して入ったが、何があったのかいつの間にか行かなくなって、今に至る、らしい。

「地頭《じあたま》はいいんだから、そういう人って一念発起して何か起業するとか、難しい資格を取るとかできるんじゃない？　そういう兆しはないわけ？」

「うん、ないね」

いつものらりくらりした返答しかしないくせに、そこだけはやけにきっぱりと言う。

賢人はともかく、みんなずっと昔のままではいられない。うちにお金がないのは相変わらずだけども。

中学に入り最初にできた友達は小原佐知子《おはらさちこ》だった。部活は同じ家庭科クラブ、家は隣町だったが、学区が違うので小学校は別だった。

五月の連休、佐知子から家に遊びに来るよう誘《さそ》われた。中学で初めてできた友達の家に行くと聞き、お母さんは随分《ずいぶん》喜び張り切って、こういう時のための「お取っとき」のクッキーを戸棚《とだな》の奥《おく》から引っぱり出してきた。確か不祝儀《ぶしゅうぎ》の引き物だったので懸念《けねん》したが、見ればそうとは感じさせない普通のチョコクッキーだった。

「こういうのは、大抵ちょっといいものをつけるから大丈夫《だいじょうぶ》。うん、賞味期限もまだまだある」

お母さんは、これもやはり取っておいた、水玉模様の可愛《かわい》い紙袋にそれを入れた。そこへ大家さんも顔を出し「これも持って行きなよ」と、鮮《あざ》やかなオレンジ色の花を差し出す。大家さんが庭で育てているキンセンカだった。

「おっ、いいね。うわっ、綺麗。ほら、良かったね、花《はな》」

お母さんが喜んで受け取る。

確かに綺麗だが、キンセンカって確かキク科じゃなかったか。大家さんも、花持ちがいいから仏様用にいいと言って作っていたと思う。喪《も》の引き物にキンセンカ。大丈夫だろうか。キンセンカのまぶしいくらいのオレンジ色とは裏腹に、気持ちに暗い影《かげ》が走るが、いや、それは私がそういう目で見るからそう感じるのだろう、ということにする。

「クッキー、ひと袋じゃ少ないかね。量、あんまり入ってないんだよな、こういう気取ったお菓子って。激安堂がやっている時なら、大袋のお徳用割れせんべい買えたんだけど」

「なぁに、気は心だよ」

気は心。

これもこのふたりが好んでよく使う言葉だ。やはりこのふたり以外、周りで口にする人はいない。気は心。この言葉のオールマイティ力はかなりのもので、大抵《たいてい》のことは大丈夫にしてしまう、まさに魔法《まほう》の言葉だった。元々は人に贈り物をする時、額や量は少なくとも真心を込《こ》めているという場合に使うらしいが、気の持ちようで心が落ち着くという意味もあるらしい。このふたりはさらに拡大解釈《かいしゃく》して多用していた。

「これ、大昔に買った服だけど、今着てもおかしくないかな？」

「気は心」

「ちゃんとしたコサージュがなかったから、作り方が載《の》っていた雑誌見てチラシで作ってみたんだけどどうかな？」

「気は心」

「最近脳天の毛が薄《うす》くなってきた気がするんだけど」

「気は心」

「この雨合羽《あまがっぱ》、雨はじかなくなってきたんだよ、もう限界かな。でもこれしかないし」

「気は心」

もはや「気にするな」「気のせいだ」「ないよりはマシ」にまで独自に発展させていた。

そんなふたりにいくら「気は心」と言われても、不安はぬぐい去れない。

「あれ、これアブラムシかな？」

お母さんがキンセンカの束を覗《のぞ》き込んで言う。

「どれどれ、ああ、ほんとだ」

言うやいなや、大家さんはその花を口元に持っていくと、口をすぼめ頬《ほお》を思いっきり膨《ふく》らませて「フウーッ」と、勢いよく息を吹《ふ》きかけた。

「ああ、飛んだ、飛んだ」

大家さんに息を盛大に吹きかけられた花は、心持ち精気を失ったように見えた。キンセンカにとっては、そっちのほうがアブラムシよりダメージが大きいんじゃなかろうか。

「あ、まだこっちにもついてるわ」

今度はお母さんが、花に強く息を吹きかけた。続いてすぐに激しく咳《せ》き込み始める。

「大丈夫かいな？」

大家さんがお母さんの背中を撫《な》でながら聞く。

「ああ、息吐《は》いて次吸い込む時、アブラムシまで吸っちまったんだよ。ゲホッ、ゲホッ。それが喉《のど》の奥に貼《は》りついたみたいでさ、グエッ」

「死にゃあせんさ。アブラムシだから、喉の滑りが良くなったんでないかい？」

「潤滑油《じゅんかつゆ》か？」

「美声になっとるで」

こんなふたりに「気は心」と言われても……。クッキーはともかく、キンセンカのほうは遠慮《えんりょ》したいところだが、言い出せる雰囲気ではない。

お母さんと大家さんとで、次々キンセンカのアブラムシチェックをし、見つけると息で吹き飛ばす、を繰《く》り返し、ようやく新聞紙に包《くる》む。

ちょっと友達の家に行くのでも、何かしらこういうことを経ないと出かけられないのが我が家なのだ。

自転車に乗り、教えてもらった住所を頼りにしていくと、佐知子の家はすぐにわかった。

チョコレートブラウニーみたいなレンガを積み上げた洋風の家、洒落《しゃれ》た出窓には白いレースのカーテンがかかっている。思っていたよりずっと大きな家だった。「小原」と書かれた表札まで堂々《どうどう》としていて立派だ。家と同じ色のレンガでできた塀《へい》のインターフォンを押《お》す。

「開いてるよ、入ってきて」

佐知子の声がした。

ヨーロッパ風の鉄の門扉《もんぴ》を開けると、黄色や赤やピンクのバラが咲《さ》く庭があった。家の入口にまで続く小道にはバラのアーチが設《しつら》えてある。アンティーク調のテーブルと椅子《いす》のセットも庭に置かれている。バラのいい香りがする。よく手入れされた様々な種類のバラが咲き誇《ほこ》る庭は、ちょっとしたバラ園だった。大輪のバラを前に、アブラムシつき（一応息で吹き飛ばしたが）のキンセンカを思わず引っ込めたくなるが、「気は心」と自分に言い聞かせる。

板チョコみたいな扉《とびら》の前で立っていると、ほどなくドアが開き、佐知子が出てくる。

「あがって、あがって」

「お、お邪魔《じゃま》します」

ちょっと緊張《きんちょう》して入ると、

「大丈夫、今、私ひとりだから」

スリッパを出しながら、佐知子が言う。

「え、そうなんだ」

スリッパには、私でも知っているような有名なハイブランドのマークがついていた。おそらくうちのどの靴よりも高い。いや、家の靴、全部合わせてもかなわない。そもそもうちには、便所以外スリッパがない。スリッパを履いて歩くような廊下《ろうか》も洋間もない。

「わあ、可愛いお花。持ってきてくれたの？」

佐知子がキンセンカを見て言う。

「あ、う、うん。大家さんちに咲いてたやつだけど」

差し出す時、ひとつの花の下からアブラムシが這《は》い出してきたのが目に入ったので、さりげなく花のアレンジを整えるふうを装い、指でひねり潰す。

まだほかにも隠《かく》れているかも。ちゃんとした花、買ってくれば良かったな。

お金を使わないで済まそうとすると、余計なことで気をもむ羽目になる。やっぱりお金はありがたいのだ。

「あ、これも。クッキーだけど」

「わあ、ありがとう。美味《おい》しそう」

クッキーのほうは大丈夫だろう。喪の引き物とはわからないはずだ。どこかにそれを匂《にお》わせるようなしるしが、万が一にもついてないかと思って何度も確かめてみたのだから。

「とりあえずそこに座ってて」

通された広い洋間には、革のソファーセットと上等な黒羊羹《くろようかん》みたいに艶光《つやびか》りしているピアノがあった。

「ピアノ、弾《ひ》けるの？」

キッチンでお茶の用意をしているらしい佐知子に話しかける。

「ううん。それは妹のだから」

「妹いるんだ」

「うん、今小学一年」

「へぇ、ちょっと離《はな》れてるんだね」

見ればピアノの上に写真が飾《かざ》ってある。

スーツ姿の、佐知子の両親らしい大人ふたりと、赤いリボンがついたセーラー服を着た女の子が写っている。

「妹、私立の小学校通ってんの？」

「うん、聖泉《せいせん》女学院小学校」

都内一等地にある、超《ちょう》がつくほどのお嬢様《じょうさま》学校の名をあげる。

「すごいねえ」

「まあ。あ、これ持ってくれる？」

花瓶《かびん》に生けたキンセンカを渡《わた》される。涼しげなグリーンの花瓶だった。

「綺麗だね、これ」

「ああ、フラワーベース？　ベネチアンガラスだって」

フラワーベースが花瓶のことだと理解するのに数秒を要する。ベネチアンガラス。言われてみればいかにも優美なデザインだ。キンセンカもぐっとよく見える。馬子《まご》にも衣装、アブラムシつきキンセンカにも、ベネチアンガラス。

佐知子はお盆《ぼん》に、私が持ってきたクッキーとティーポットとティーカップ（これも女王陛下が使っていそうな繊細《せんさい》なデザインのやつ）を載せていた。

「私の部屋に行こう」

佐知子について二階に上がる。

佐知子の部屋は八畳《じょう》ぐらいありそうな洋間だった。勉強机とガラステーブル、本棚、洋ダンス、ベッドには、いかにも上質そうな花柄《はながら》の掛《か》け布団が載っている。

「これも、綺麗」

「ああ、ローラアシュレイ。お母さんの趣味《しゅみ》なんだけど」

ローラというからには、外国の女の人なのだろう。布団屋の屋号ではなさそうだ。ふかふかしていて、見るからに軽そうだ。間違いなく羽根布団だろう。今うちで使っている綿布団を思い出す。アパートに越《こ》してきた際、大家さんにもらったと聞いている。元は客用だったものを、もう使う人もいないので私たちにくれたらしいが、どぎつい赤地に極彩色の牡丹《ぼたん》と鶴《つる》が描《えが》かれた花魁《おいらん》の着物みたいなド派手な柄で、悪夢にうなされそうな布団だった。それはカバーを掛けることでなんとかなったが、これが何しろ重い。寝返《ねがえ》りも容易にしづらいくらいに重い。

お母さんは「このくらいの重さがあったほうがいいんだよ。ふわふわ軽かったら毎朝はだけて、風邪《かぜ》ばっかりひいとるわ」と言うが、重い布団のほうが体に良くない気がする。敷《し》き布団に至っては、せんべいを通り越して、硬《かた》さも薄さももう、のしイカだ。お母さんにそのことを言うと「硬いほうが腰のためにはいいんだってよ。それに砂利道の上に寝ることを思えば、極楽《ごくらく》だ」と返す。砂利道に寝るというのは一体いかなる状況を想定しているのかわからないが、いつもこうやって最低のラインを持ってこられるので何も言えなくなるのだ。しかしローラアシュレイと、のしイカだったら、誰《だれ》だって迷わずローラを選ぶだろう。

「紅茶、淹《い》れたよ」

佐知子が銀製のティースプーンを添《そ》えて勧《すす》めてくれる。

「砂糖もあるけど、これもあるよ」

陶磁《とうじ》器《き》の壺《つぼ》を開けると、赤紫色《あかむらさきいろ》のつやつやしたジャムらしきものが入っている。

「バラのジャムだよ」

「バラ？」

「庭に咲いてるの摘《つ》んで私が作ったんだけど、無農薬だから大丈夫だよ」

「バラからジャムができるなんて知らなかった」

「ほんのりバラの香りがして美味しいよ。紅茶に入れてもいいし、そのまま舐《な》めてもいいの。あとでレシピあげるよ」

うん、と返事をしてみたものの、うちにバラはない。大家さんとこにキンセンカはあるけれども。バラのジャムをスプーンですくって舐めてみると、確かにバラの香りがして美味しい。色も綺麗だ。自分で持ってきたクッキーにも手を伸ばす。良かった、シケっていない。普通に食べられる。

ふと洋ダンスの上の写真立てに目が止まる。さっき見たピアノの上に飾ってあった写真と同じかと思ったが、どこかが微妙《びみょう》に違う。ピアノの上の家族写真は両親と妹だけで、佐知子はいなかった。今目にしている写真には、佐知子が写っている。両親のスーツと背景の色が同じだから、おそらく同じ日に写真館で撮ったものだろう。佐知子も妹もそれぞれこの春、中学と小学校へ入学した。その記念で撮ったのだとしたら、ピアノの上の写真はなぜ三人だったのだろう。

「それはうち用のやつだから」

私の疑問を察したかのように、佐知子が答える。

「ピアノの上にあったのは、祖父母用のなの」

言っていることが理解できない。

「うちね、お母さんが再婚したんだわ、今のお父さんと。私は連れ子っていうやつね。で、生まれたのが妹。異父姉妹なのね。だからお父さんと私には、血のつながりがなくて、当然その親、祖父母にもないわけ。だからこのふたりにあげる写真は三人だけなの。私を除いた」

「え、それどういう」

「別にそうしてくれって言われたわけじゃないけど、向こうはそのほうが喜ぶから。今日も三人で祖父の家に行ってるの。一応私も声かけられたけど『宿題があるからいい』って言ったら、お父さんもお母さんも、一瞬《いっしゅん》だけどほっとした表情になったの。自分でも気がついてないかもしれないけど、『助かった』って顔すんの。私がそう言えば、心が軽くなるみたい。でもどうせ私が行っても、やな思いするだけだからいいんだけどさ。私だけ異分子だからね。ずっと居心地の悪さがつきまとって、お母さんにも余計な気、使わせるし。だったら家にひとりでいるほうがよっぽどいいやって」

「その、おじいさんとおばあさんに、なんか意地悪とかされるの？」

「露骨《ろこつ》ではないんだけど、やっぱり言葉の端々《はしばし》や態度にそういうのは出るよ。ちょっとした時にね。たとえば外食に行って私が何でも食べると、祖父が『好き嫌いないんだね。偉《えら》いね。うちは偏食《へんしょく》の血筋だから』とか、私が左利きなのを見て祖母が『あら、左利きなのね。うちの親戚には誰もいないわ。まあいたとしても、小さいうちに直させてると思うけど、うちなら』って。そのあとで取ってつけたみたいに『でも左利き、スポーツなんかするにはいいんですってね』って言うけど、全然フォローになってないっつーの」

「それって、ひどくない？」

「うーん、そもそもうちのお母さんと結婚することに大反対だったみたいで。歳上で離婚《りこん》歴《れき》があって子供もいて。でももうその時は妹がお腹《なか》にいたから、認めざるを得なかったみたいで。今のお父さん、ひとりっ子だから、妹は待望の孫なの。もう可愛くて可愛くて仕方ないみたい。で、お父さんの実家、結構な資産家なんだよね。貸しビルとかマンションとか不動産たくさん持ってて、会社をしてるの。お父さんもそこで働いてる。妹、里依紗《りいさ》って言うんだけど、祖父と祖母は、『ゆくゆくは全部りぃちゃんのものだからね』とか言ってるんだ」

「そんなのってありえるの？」

「仕方がないよ。あの人たちにとって私は赤の他人だし」

「でも、お母さんは？　佐知子のお母さんは何て言ってるの？」

「お母さんは、この家の人間になることに必死なの。私のこと考えてくれていないこともないんだろうけど、今日だって私が家にいるって言ったら『そうね。中学生になれば、宿題とか難しくなるだろうし、忙《いそが》しいもんね。そうね、佐知子は家にいたほうがいいわよね』って。そう口に出して言うことで自分の罪の意識を薄めてるみたい。妹が私立の小学校に行ってるのだって、祖父がお金を出してるからだよ。そんなこと私だって知ってるのに、お母さんは『りぃちゃんは、好き嫌いが多いから、給食が食べられないの。だからお弁当の私立に通わせることにしたのよ。佐知子は好き嫌いがないから、公立に行けて良かったわ』なんて言うの。なんかずれててさ。私が欲《ほ》しいのはそんな言葉じゃない。世間体のいい口実でも、自分を納得させるための都合のいい言い訳でもない」

佐知子が写真立てに手を伸ばす。

「ピアノの上にあった写真が、この家の本当の家族。私はいらないピースなの。家族のパズルにはまらない、余計なピースなの。この家に私の居場所はないの」

「そんな」

「本当のことだよ。この家には私はいらない子なの」

「お父さんは？　本当のお父さんはどうしてるの？」

「さあ、私が赤ちゃんの頃《ころ》、離婚しちゃったからほとんど覚えてないんだ」

「うちと同じだ。うちもお父さんいないから」

「知ってる。だからってわけじゃないけど、この子なら仲良くなれる、私の話聞いてくれるなって思ったから、声かけたんだ」

「そうだったの。佐知子は、本当のお父さんに会いたいと思う？」

言いながら、そういえば小学校の頃、優香《ゆうか》ちゃんという女の子も似たような家庭環境《かんきょう》で、優香ちゃんの本当のお父さんに会う時、一緒について行ったことを思い出す。

類は友を呼ぶというのか、なぜだか私はこういう子と縁があるようだ。

「うーん、どうだろ。なんかあんまりいい噂聞かないし。定職に就《つ》いていなかったとかさ。でも私の名前、佐知子はお父さんがつけたんだって。今時、子がつく名前もどうかと思うけど、佐知子って、普通に幸せな子で、スタンダードな幸子でいいのに、佐知子って何？佐なんて、佐藤《さとう》の佐以外で見たことある？　佐藤の佐を知る子って、何だよーって思って。何でこの名前をつけたのか、それは知りたい。聞いてみたい。ただそれだけ」

思いがけない告白に、うまい言葉が見つからない。こんな立派な家に自分の部屋があるのに居場所がないなんて。

「だから早くこの家出たくて。本当は今すぐにだって出たい。あの家からもらったお金で生活していると思うと、一分一秒でも早く出たい。それでお金を沢山稼《たくさんかせ》いで、あの家よりお金持ちになりたい」

「あ、そこも同じ。私もお金持ちになりたい」

「でしょ。何か花ちゃんには私と同じ匂いを感じたの」

「そ、そう？」

そんな、ほかの人にわかるほど、私は金に飢《う》えた匂いを発しているのだろうか？

「それでね、私は起業したいの。あの家がやっている会社より大きな事業をやって、あの家よりお金持ちになりたいんだ」

佐知子が言う「あの家」とは、祖父母の家のことだろう。

「どういうことで起業したいの？」

「だからそこなのよ」

改めて向き直って言う。

「今、学生でも起業して成功してる人いるじゃない？　中には中高生もいるんだよ。もし中学生でも利益が出たら、卒業後この家を出られる。ひとりでやっていける」

「え、高校は？」

「寮があるところもあるし、自分で稼いでたら、ひとり暮らししてそこから通えばいいし。

「そう言われても、私そういうの全然詳《くわ》しくないし。うーん、中学生だとバイトもできな

突然《とつぜん》の提案に戸惑《とまど》っている私を拝《おが》むようにして、佐知子が「お願い」と繰り返す。

「ええっ、ちょっと、それは」

「だって花ちゃん、頭いいし、いろいろよく知っているし」

「え、私に？」

「そこなのよ。だからそこを考えて欲しいのよ、花ちゃんに」

「でも、そしたらどうやって起業資金を用意するの？」

からは一円ももらいたくない」

校卒業までのお小遣《こづか》い前借りして。でも私の場合、それは絶対やりたくないの。ここの家

から株やって資金作ったんだって。その株に投資《とうし》するお金は親からもらったんだって。高

よね。それでこの前、若くして資産家になった人の自叙伝《じじょでん》読んだら、その人、小学生の時

にも言わせない。でもね、じゃあ具体的に何をしたらいいかって、全然思いつかないんだ

「この家から独立する時は、自分のお金で堂々と胸を張って出ていきたいんだ。誰にも何

お互い、とは今の家族と、ってことだろう。

お互《たが》いそのほうがいいと思うんだよね」

いし。何か売るとか？　私はやったことないけど、ネットとかで」

「あ、それは私も考えた。でも何売る？　私たちに売れそうなものって、えっと、体操着とか制服とか」

「そ、それはマズイよ。ＪＣビジネスってやつでしょ。起業する前に捕《つか》まっちゃうよ。いや、捕まりはしないか。別に犯罪ではないか。でもそれはマズイよ。それに制服売ったりしたら、私、四中の制服着ることになっちゃう。いや、四中の制服なら売っていいか、いやダメか」

「ん？　どゆこと？」

「いや、こっちの話。とにかくそれはダメ」

「やっぱ、そっか。じゃあ、ほかに私たちにできることって」

「家庭科クラブだから、羊毛フェルトのマスコットとか作って売る？」

「何かチマチマしてるなぁ」

全くだ。起業するまで貯《た》めるとなると、一体いくつフェルトマスコットを作ればいいのか。気が遠くなりそうだ。社会で習った『女工哀史《じょこうあいし》』の一場面を思い出す。

「そのマスコットで願いが叶《かな》ったとか、恋が実ったとか、そういうのがあれば売れるんじゃない？　スピリチュアル的な？」

「そういうの、勝手にしていいの？」

「病気が治ったとか、痩せたとかいうのだとマズイけど、もっともやっとした感じなら大丈夫なんじゃない？　法の盲点《もうてん》突《つ》く、っていうか」

「いや、突きたくないよ。一歩踏《ふ》み外したら、大変なことになりそうだもん」

どうにも話が危ないほうに傾《かたむ》いていく気がしてならない。糖分が欲しくなり、バラのジャムをスプーンですくって舐める。

「あ、じゃあこれは？　バラのジャム作って売る。これなら健全っぽいし、大きな鍋《なべ》なら一度に大量に作って売れる」

「それは食品衛生法とかに引っかからない？　食べ物を勝手に売るのって、そっちのほうがマズイ気がする」

「そっか。食べ物は難しいか。食中毒でも起こしたら、資金貯めるどころか、逆に慰謝《いしゃ》料《りょう》とか賠償金《ばいしょうきん》取られそうだもんね」

ふたり同時にため息をつく。起業への道は遠い。

しかしこうして考え、アイディアを出し、話し合うことが大事なのだと佐知子は言う。

もうこれだけでも、昨日までの私たちとは違う。無から前進したのだ、と。

そのあとは漫画《まんが》を読んだり、ゲームをしたり、佐知子が録画していたお笑い番組を見たりしていたら夕方になり、佐知子の家族が帰ってくる前に、佐知子の家をあとにする。

帰りがけに佐知子が、庭のバラを「キンセンカのお返しに」と言って、何本もハサミで切ってくれた。

「どれがいい？　ピンク？　赤？　黄色いのもあるよ。この白いのは、イングリッシュローズっていうの」

躊躇《ちゅうちょ》なくバラの枝に次々ハサミを入れる佐知子に「いいの？　怒《おこ》られない？」と聞くと「全然。今日一日しっかり留守番したんだから、このくらいのこと、いくらしたって構わないよ」と言って、口を真一文字に結んだ。

夕日を受けたその顔は怒っているようにも耐えているようにも見えた。

佐知子は色とりどりのバラの花束を、高級洋菓子店の厚みのある包装紙に包み、自転車の前かごに入れてくれた。

たくさんあるから、大家さんにも分けてあげよう。

大家さんにもらったキンセンカのお返しなんだし。

家に着き、バラを分ける。

お馴染《なじ》みのフレーズ「買えば高いよ」と、きっとあのふたりは言うだろうなあ、と思ったら、案の定その通りだったのでおかしくなった。

コーヒーの空き瓶に二本白いバラを挿《さ》して、賢人のところにも持っていく。

むさくるしい部屋に入るのが嫌《いや》だったのでドアの前に置いておくと、ちょうどそこへ賢人が帰ってきた。

「あ、外にいたんだ。ぶらぶらしてたの？」

「いきなりの失礼だよね。ま、その通りなんだけど。そのバラどうしたの？」

「友達がくれたの。庭にたくさん咲いてるからって」

「そうなんだ。ってかさ、ドアの前にそうやって置かれると、なんか俺死んだみたいじゃない？」

「いいじゃない、どうせ似たようなものでしょ？」

「重ね重ねの失礼発言だな。でもそれに言い返せない己《おのれ》のふがいなさよ。でも綺麗だね。ありがと」

「すごくいい香りだから。少しは部屋の臭《くさ》み消しになるかと思って」

「臭み、って。ま、これも事実だから、こうべを垂れるのみ」

と言いつつ、賢人が瓶を手に取る。

「白いバラの花言葉って知ってる?」

花に顔を向けたまま賢人が言う。

「ううん、知らない」

「『深い尊敬』『私は貴方《あなた》にふさわしい』」

「へえ、そうなんだ」

「本数にも意味があって、二本なら『この世界はふたりだけ』」

「さすが、腐《くさ》っても元秀才、元神童、現ニート」

また何か言い返してくるかと思ったが、賢人は黙《だま》ったまま白バラを見つめていた。怒ったのかと思ったが、そういうわけでもないようだ。何かに心を持って行かれたような顔をしていた。

家にはベネチアンガラスのフラワーベースはなかったが、白目を剥いた不気味な鳳凰《ほうおう》もどきが乱舞《らんぶ》している中国の壺っぽい花瓶があったので(町内のバザーで売れ残ったものらしい)、それに生ける。部屋が狭《せま》いので、たちまちバラの芳香《ほうこう》で満たされる。

「おおっ、ここはベルサイユ宮殿《きゅうでん》ですか？」

言いながらお母さんが、花瓶の横に野菜コロッケを置く。お肉屋さんで一番安くて、でも栄養のある、お母さんに言わせれば一番コスパのいいお惣菜《そうざい》だ。

「コロッケは、フランスのクロケットから来てるからね。今日の食卓《しょくたく》にぴったりでございましょう？　マドモアゼル、ボンジュール、ブラボー」

大きな口を開けてコロッケを食べるお母さん。

「ブラボーはイタリア語だよ」

「ま、あのへんあのへん。埼玉《さいたま》と群馬《ぐんま》みたいなもんだろ？」

「わかりやすいっ」

話しながら、やっぱりここが私の居場所だなあ、と思う。そんなこと意識することもなく過ごしてきた。自分の家なのに居場所がないなんて。あんな大きい家なのに。借間で狭くても、ここにはしっかり私の居場所がある。賢人だって、あのきったない二階の部屋が自分の居場所だ。あそこ以外にない。自分のことを、その家族にはいらないピースだとか、そんなふうに思えてしまうほどに佐知子はつらいのだ。いくらローラアシュレイの布団で寝ていても。

とりあえず、のしイカ布団は、近いうちに打ち直してもらおうと思った。

翌週、学校から帰ってくるとアパートの前に若い男の人が立っていた。きちんとしたスーツを着ている。髪も短く綺麗に整えられ、靴もよく磨《みが》かれている。何かのセールスマンだろうか。うちに来られてもなんにも買えやしないけど。

男性は手元の紙とアパートを見比べている。誰かの部屋を訪ねてきたようだ。

「あの、何号室をお探しですか？」

声をかけたのは、男の身なりがきちんとしていて、清潔感《せいけつかん》があったからだ。お母さんには日頃から「服装で惑《まど》わされるなよ。人を騙《だま》してやろうという詐欺師《さぎし》は、綺麗な格好をしているもんだ」と言われてはいるのだけど。

「ああ、住所はここなんですけど、どの部屋かはわからなくて」

男性が白い歯を見せて笑った。涼しげな一重の目に柔和《にゅうわ》な笑顔。手元の紙を覗き込むと、そこには確かにここの住所と、その下に苗字《みょうじ》が書いてあった。

「え、松下《まつした》？」

「ええ、松下賢人くん。この住所に住んでいると思うのですが」

「賢人？」

大家さんの苗字が、松下であったことを久しぶりに思い出す。

「このアパートの大家さんの息子さんですよね」

「そう、そうです、昔、彼、松下くんがこの隣の一軒家《いっけんや》に、ご両親と住んでいる頃に遊びに来たことはあるんですが」

そんな昔の知り合いなのか。だとするとまだ高校生とか中学生の頃なんじゃないか。賢人がまだ秀才だった頃の。言われてみれば目の前にいる男性は、賢人と同じくらいの年齢に見える。

もしかして同級生とか？

「彼の、松下くんのことはご存知《ぞんじ》ですか？」

「ええ、まあ。うちの母親と賢人の母親が仲いいんで。私が小さい頃から、うちのすぐ上の部屋に住んでますから」

「松下くんは、元気ですか？」

「まあ元気といえば元気と言うか、半分死んでいると言うか。まあ無為徒食《むいとしょく》な毎日ですね。長生きしたくないようなことはよく言ってますけど。まあ、早く言えばニートです。もうずっと。私が保育園入る前から」

「そうなんですか。あの、それで」

言いかけたところで、男性の視線が私の肩《かた》ごしに何かを捉《とら》え、息を呑《の》むのがわかった。振《ふ》り向《む》くと、賢人が立っていた。

石のように固まる、とはこういうことをいうのだろう。

男性と賢人は、お互い顔を見つめ合ったまま全く動かなくなった。瞬《まばた》きすらしていない。

「な、なんで」

ようやく搾《しぼ》り出すように、かすれた声を出したのは賢人だった。

「あ、会いに、いや、謝りに、来た」

それを聞いた賢人の表情が明らかにおかしくなった。口は笑おうとしているようだが、目はうろたえ、頬は引き攣《つ》り、奇妙《きみょう》なものになった。唇《くちびる》が震《ふる》え出し、その場に膝《ひざ》からくずおれた。

「え、え、どうしたの？」

体を支え起こすと、顔色が青い、というか白い。貧血だろうか。

男性も手を貸し、賢人を抱えようとする。

「何してんの？」

声に振り向くと、お母さんだった。仕事から帰ってきたのだった。

「あ、お母さん。なんか、賢人が具合悪くなったみたいで」

「ええっ」

素早くお母さんが飛んできて、男性から賢人の体を引き離《はな》す。

半開きのまぶたをこじ開けてみたり、ほっぺを軽く叩《たた》いたり、心臓に耳を当てたり、脈を取ったりする。

「うん、まあ、大丈夫だろ。貧血みたいだな」

「そうですか」

男性の声にお母さんが顔を上げる。

「えっと、どちら様で？」

「あっ、僕《ぼく》は賢人、松下くんの友達で」

「ええええっ、友達？　こいつの？」

お母さんの声があまりにも大きいので、いくらこの状態でも、賢人に聞こえるんじゃないかと思って焦《あせ》る。

「は、はい。学生時代の」

「学生時代って、中学か、高校の時の？」

「はあ、まあ」

「それで今ここで会ったら、賢人、急に倒れちゃって」

私が補足する。

「ふうん。でも、ま、今日はこいつがこんなだから、おにいさんもまた日を改めて、ってことで」

言いながら、お母さんが軽々賢人を抱き上げる。お姫様《ひめさま》だっこというやつだ。無精《ぶしょう》ひげだらけのお姫様だけど。しかしいくら痩せているとはいえ、一応男の人なのだからそれなりの重さはあると思うが、お母さんはまるで幼児を抱えるようにほいほいと抱き上げ「とりあえず、うちに運ぶわ。そういうことで、また今度」と男性に言い残し、さっさとその場を去るので、私も男性に一礼しあとに続いた。

私が部屋の鍵《かぎ》を開け、賢人を抱えたお母さんが中に入り、また鍵を閉めようとした時、男性がまだ心配そうにこちらを見ているのが目に入る。

もう一度軽く頭を下げ、ドアを閉めた。

「布団、出そうか？」

「あー、いい、いい、座布団で。畳《たたみ》の上寝かせて、何か掛けときゃいいだろ」

具合が悪い人に対して扱《あつか》いがぞんざいな気がしたが、うちにはのしイカ布団しかないから、どのみち畳の上とそう変わらない。頭の下に座布団を敷いて寝かせる。

「今日、大家さん、信用金庫のご招待で歌舞伎《かぶき》見に行くって言ってたから、まだ帰ってきてないだろ。食事もしてくるって言ってたから。二階の自室に運んでも良かったんだけど、そこで死なれてても困るからな」

「たいしたことないって言ったのに？」

「まあ、体はね。でもさ、こいつだから部屋に入れたんだからな。普通だったら女所帯に男なんか絶対入れちゃダメだかんな。特にひとりの時はな」

「賢人は、顔見知りだからいいんでしょ？」

「顔見知りっていうのも、油断できないんだぞ。顔見知りによる犯行ってのが多いんだから。いや、そういうことじゃなくてさ、こいつは大丈夫なの」

「大家さんの息子だから？」

「いや、そういうことでもなくてさ」

賢人が「ううーん」と言って寝返りを打ったので、ふたりで口をつぐむ。

お母さんが、賢人を起こさないように静かに夕食の支度《したく》を始めたので、私も制服を着替《きが》えてくる。

スタミナ餃子《ギョーザ》が焼き上がった頃、賢人が目を覚ました。掛けてやった毛布を引き上げ、目玉をせわしなく動かしている。

「起きたんかい？　どうだよ、具合は？　ちゃんと飯食ってないから、ふらつくんだよ」

「いや、そういうわけでは」

もごもご答えたが、お母さんには聞こえていないようで「ちょうど良かった、飯、飯」と、賢人の毛布を引っぺがす。

「いや、僕は、今、そんな食欲なくて」

それも聞こえていないのか、お母さんは賢人の分もご飯をよそう。賢人はゆっくり上体を起こし、膝《ひざ》をついたままのそのそと畳の上を移動して、卓に着く。

スタミナ餃子とジャガイモの味噌汁《みそしる》ときゅうりの漬物《つけもの》とキャベツのサラダ。

「いっただきまーす」

お母さんがいつもの丼《どんぶり》で勢いよく食べ始めても、賢人はなかなか手をつけない。箸《はし》すら持とうとしない。じっと卓の上のおかずに目を落としているだけだ。

「遠慮すんなって」

お母さんは賢人の箸を取り、タレをつけた餃子をぽいぽいと賢人のご飯の上に載せる。

ついでにきゅうりの漬物も。

「はい、餃子弁当」

「弁当、って」

「昔、花が小さい頃、あんまり食が進まない時、こうやってご飯の上におかずを載っけて『はい、お弁当』って言ってやると、パクパク食べたんだよ」

「そうだっけ？　私はあんまり覚えてないけど」

聞いていた賢人の頬が少しゆるんだ。

「いただきます」

軽く手を合わせ、食べ始める。

「美味しいです」

「だろ？　これ商店街の春日《かすが》精肉店が手作りしてるから。にんにくもたっぷり入ったスタミナ餃子。ほんとにスタミナつくから。元気出るから」

そういえば冷凍庫には、春日精肉店で買ったほかの餃子、野菜餃子や水餃子もあったはずだが、スタミナ餃子にしたのは、もしかして賢人の体を考えてのことなのだろうか。賢人はご飯をおかわりし、味噌汁も漬物もサラダも全部綺麗に平らげた。一心に食べている賢人を見ながら、私は今日訪ねてきた男の人のことを考えていた。

同級生だということだが「謝りに来た」と言っていた。だとしたら考えられることはひとつだ。あいつは、賢人をいじめていたのだ。そう考えるとすべて納得が行く。賢人は、あの男にかなりひどいいじめを受けていたに違いない。それで学校に行けなくなり、やがて退学することになった。

それから何年か経《た》って大人になり、反省したのか良心の呵責《かしゃく》というやつか、改めて今日謝りに来たんだ。あいつが賢人の十代を台無しにして、今のような生活にしてしまったんだ。だからあいつを見た賢人は、昔の凄絶《せいぜつ》ないじめを思い出して、具合が悪くなったのだ。相当ひどいトラウマになっているんだろう。

男の顔立ちはやさしげで、とてもそんなことをするようには見えなかったけれど。

「悪魔《あくま》は悪魔の姿では現れないんですよ。ひと目で悪魔とわかったら、みんな逃げてしまうでしょう。悪魔は天使の笑顔で近づいて来るんです」

小学校の時の担任だった木戸先生が言っていた。木戸先生は五、六年の時の担任で、卒業した今でも先生の言葉を時々思い出すことがあった。オカルト好きな先生は、サタンとかオーメンとかの話を度々《たびたび》して、子供たちを不必要に震え上がらせ、父兄には問題視されていたので、この時も「またか」ぐらいにしか思っていなかったが、先生が伝えたかった真意が今、わかった。あいつは天使の皮をかぶった悪魔だ。

謝りたいって、何を今更。今頃謝られても、賢人の青春は返ってこないのだ。

無性に腹が立つのと同時に、賢人のことが不憫《ふびん》でならなくなる。

「賢人、もっと食べなよ。餃子、足りなかったらもっと焼くよ？」

「いや、もう十分。お腹いっぱい」

「あ、そうだ。冷凍庫にアイスあるんだ」

何種類かあったが、一番高い、味の濃《こ》いバニラアイスを出してやる。

「お、花のお取っときのじゃん。何かあった時に食べようって言ってたやつ」

何かあった時、というなら今がそうだろう。何もいいことがあった時とは限らない。私は、賢人に元気になってもらいたかった。美味しいものは人を幸せにする。今だけでもいいから、私は賢人に幸せな気持ちになって欲しかった。

「これ、すごく美味しい」

そう言う賢人を見て、良かったと思った。

帰りがけ玄関先《げんかんさき》で、

「また腹が減って気持ち悪くなったら、いつでも来いよ。気持ち悪くなるまで空腹じゃなくてもさ。小腹が減ったくらいでも来いよ。うちにはいつも何かしら食べもんがあるからさ」

というお母さんの言葉に「はい」と、賢人は素直に頷《うなず》いていた。


次の日、学校から帰ってくると、なんとあの男がアパートの前に立っていた。何しにまた来たのか。もうこれ以上、賢人の古傷に触れないで欲しい。

「あの、まだ何か御用でしょうか？」

怒りをにじませた声で言う。これで伝わるか。

「ああ、昨日はどうも。あのあと、賢人、松下くんの様子はどうですか？」

いかにも案じているような表情を浮かべる。大した役者だよ。こいつやっぱりワルだな。

「ええ、何か昔のことを思い出したみたいで、それで具合悪くなったみたいですね」

「昔のこと、を？」

「昔されたことですよ、あなたに」

男は口に手を当て、さすがに困ったような顔をする。

「そう、ですか。そうですよね、やっぱり」

唇を噛《か》み締《し》める。そうだよ、反省しなよ。

「じゃあ、あの、これ渡してもらえますか？」

男が片方の手に持っていたものを差し出す。

生花店の包装紙に包まれた白いバラが二本。

「あ、これ」

「昔、松下くんからもらったんです。白いバラを二本」

ん？　何だかおかしいぞ。賢人がこいつにバラを贈ったって？　普通、自分をいじめてるやつにそんなことしないよな。ん？　ん？　どういうこと？

「も、もしかして、花言葉も知ってますか？　白いバラ、二本の」

「もちろん、白いバラは『深い尊敬』、『私は貴方にふさわしい』、それが二本なら『この世界はふたりだけ』」

「あ」

戸惑っていると、

「じゃあ、これお願いします」

バラの包みを押しつけるようにして渡される。

「それから深い尊敬の気持ちは今でも変わらないことを伝えておいてください」

ん？　尊敬？　賢人に？　嘘《うそ》ぉ。

「失礼します」

一礼して、立ち去ろうとする男性を「あ、ちょ、ちょっと待って、待ってください」と言って慌《あわ》てて引き止める。


その後、場所を公園に移し、ベンチに座り話を聞いた。男性は安武《やすたけ》と名乗った。安武さんは、賢人の中学時代の友達だという。

ふたりが行っていたのは、私立の難関男子校だ。けれど賢人は途中《とちゅう》から学校へ行けなくなり、中高一貫校《いっかんこう》の高校へ上がる頃には完全に不登校になって、結局退学したと聞いている。

安武さんは、賢人が不登校になったいきさつを、私が全部知っていると思っていたらしい。そうではないとわかり、ちょっとうろたえたようだったが「でも、もうあなたも巻き込んでしまっているし、お話ししたほうがいいかな」と言って、ひと呼吸おき話し始めた。

賢人と僕は、中学で知り合った。中一で同じクラスになり、最初はたまたま席が近くて自然と話すようになったが、そのうち随分と気が合うことがわかった。読書や釣《つ》りといった趣味も同じ、好きな音楽の傾向《けいこう》も一緒、お互い見たいと思う映画も同じ。でも異なるところもあって、たとえば僕は読書でも翻訳物《ほんやくもの》が苦手だったが、賢人に勧められた小説を読んでみたら思いのほか読みやすく、それをきっかけにほかの作家のものも読むようになり、やがて原書で読破するまでになった。

逆に賢人は歴史にさほど興味がなかったが、歴史好きな僕が邪馬台国《やまたいこく》論争の話をすると大層興味を持ち、文献を読み漁り、最終的には僕よりも詳しくなった。自分が心の中で思っていたことを相手がずばり言葉にしてくれて、それが一分《いちぶ》の隙《すき》もなく気持ちよくぴったりと重なったことは数知れず、お互いがお互いを、もしかしたら前世では双子《ふたご》だったのではないかと思えるほどだった。

勉強も一緒にしたし、互いの家を行き来もした。休日に釣りに行くこともあったし、長期の休みには、一泊の旅行にも出かけた。

しかもその頃、当時でもかなり珍しかった交換日記《こうかんにっき》をしていた。ふたりとも携帯《けいたい》を持っていたので、メールでのやりとりもしていたが、昔ながらの交換日記もしていたのだ。ノートに手書きというスタイルにこだわったのは、賢人のほうだった。

「こういう時代だからこそ、やるんだよ。手書きの文字は、自分のペースでより深く刻まれる、紙にも心にも。読む人のことを思って一文字一文字手で書くことで絆《きずな》が生まれる。深まる」

そう言って。

確かに、自分の心情を綴《つづ》りそれを共有するという行為《こうい》は、格別な意味があるように思えた。授業のこと、級友のこと、将来のこと、読んだ本、映画、通学路で見た紫陽花《あじさい》の美しさ、風の清々《すがすが》しさ、季節の移ろい、相手に対する思い。

酔《よ》っていた部分もある。書くのは大抵夜だったから、時には随分感傷的になった。思いが募《つの》った。そこにはふたりだけの世界があった。今ある現実とは別の世界。穢《けが》れに満ちた世俗《せぞく》とは違う、僕たちしか知らない美しく清らかな世界。

思春期特有の過剰《かじょう》な感傷といえばそうだったかもしれない。時には恋愛めいた表現もあった。それはより一層ふたりの仲を深く親密なものにしていた。

交換日記は中一から始まり、二年では別のクラスになったが、三年でまた一緒になり、その間もずっと続いていた。

あれは何冊目だったか。日記は一冊書き終えたら、交代で保管していた。ごくシンプルな大学ノート。表紙にも何も書いていない。いかにも日記然としたものを使うことを、賢人は嫌がった。周りの目を気にしたわけではないが、ごく普通のありふれたノートに日々の秘密が綴られているというのが、かえって良かったのかもしれない。

だからどうしてそのノートを親が手に取り、見ようとしたのかはわからない。何かの拍《ひょう》子《し》に偶然目に入ってしまったのか。それとも思春期の子供の動向を探ろうと、机の中を漁《あさ》ったのか。とにかくその日記が親に見つかり、過去のものも全部読まれてしまった。読んだ親は青くなり震え上がった。そこには時に、異性に対する親愛の情と同じ類《たぐい》の表現が綴られていたからだ。僕たちは、ただ互いを尊敬し、思いやっていただけなのに。

親はもちろん僕たちが、親しい友人であることは知っていた。双方の家を行き来し、旅行へ行くことも許していたのだから。賢人は成績も良かったから、いい友人を得たと喜んでいたくらいだ。

しかし親は日記の内容から、それ以上の何かを嗅《か》ぎ取ったのだった。さらに最悪なことに、親はその日記を学校に持っていき、教師にも全部見せた。そしてふたりを別々のクラスにすることを要求した。学期の途中で、さすがにそれは無理だという学校側に、それなら賢人を転校させろ、ダメならうちの子を転校させると、さらに無茶な要求を突きつけた。このままではうちの子が、毒されてしまうと騒《さわ》ぎ立てた。

　もちろん僕も家で激しく咎《とが》められた。賢人にそそのかされているとも言われた。あくまで悪いのは賢人のほうで、今は男子校という一種の閉鎖《へいさ》された空間にいるから、この年代にありがちな感化されやすさで引きずり込まれたのだと。僕は悪魔に目をつけられた、被害者なのだと。

　いくら僕たちはそんな関係ではない、と言っても全く聞き入れてもらえなかった。思春期外来にも連れて行かれた。

　両親は賢人の家にも行き、日記を見せ、賢人だけを悪者にし、責め立てた。賢人を異常だと決めつけ、詰《なじ》った。そのあとの賢人の家の騒動も想像に難《かた》くない。

　学校ではどういうわけか、賢人が一方的に僕に対して思いを募らせ、おぞましい内容の手紙を大量に送りつけ、僕も家族も大変困っているという噂になっていた。僕たちが入学以来の親友であることは、級友もみんな知っていたけれど、賢人が友情を超えた感情を僕に抱くようになり、常軌《じょうき》を逸《いっ》した行動に出て、僕や両親を非常に困惑させているということになっていた。もしかしたらうちの親が、自ら流した噂だったかもしれない。

とりあえず僕と賢人の席は隅《すみ》と隅に引き離され、周りも奇異なものを見るというか、はれもの扱いというか、異様な空気になった。賢人は学校へ来ても、僕とは全く目も合わせず、顔さえも向けてくれなかった。意識してそうしていたのはわかっていたがつらかった。近くに行きたかったが、クラスの雰囲気《ふんいき》がそうさせなかった。

違うんだ、全くの誤解だよ。そんなんじゃないんだ。みんなの前でそう言いたかった。しかしそんなことをしたら、余計に騒ぎを大きくし、それこそ下衆《げす》の勘《かん》ぐりをされて事態を悪くするだけに思えた。所詮《しょせん》人の噂、ここは静観《せいかん》したほうがいいと判断した。でもこれは言い訳だったのだと思う。僕は弱くて卑怯《ひきょう》だったのだ。

その噂では賢人が僕に一方的に思いを寄せていることになっているから、クラスのみんなは僕には同情的で、「大変な目に遭《あ》ったな」という者もいたが、賢人に対しては、周りの空気が確実にこれまでとは違うものになっていた。みんな異質なものを見るような目で、遠巻きにしていた。誰も話しかける人はいなくなった。

何度か僕から話しかけようとしたが、賢人のほうが僕を避《さ》けているようだった。動揺《どうよう》したが、これは僕を思ってのことだと察しがついた。携帯電話も親に取り上げられ、登下校は母が車で送り迎えするようになり、賢人に接触できる機会は失われた。

そのうち賢人は学校を休みがちになった。あの噂のせいで、表立っていじめを受けたとか、からかわれるようなことはなかったと思うが、もしかしたら陰で何か嫌がらせをされていたのかもしれない。そうでなくても繊細な賢人は、今までとは違うこの状況に耐えられなかったのかもしれない。

そのうち入院したという噂が立ち、それは心療内科《しんりょう》であるとか、何かの施設《しせつ》であるとかいう内容だったが、誰に入院先を聞いても知らなかった。一度、母の目を盗んで賢人の家まで行ったが、呼《よ》び鈴《りん》を押しても応答がなく、人の気配がしなかったので帰ってきた。

それが中三の終わりで、中高一貫校だったから、ふたり共受験はなくそのまま高校へ進んだ。賢人は欠席が多かったが、それまでの成績が優秀だったので、特別に進学を認められたようだった。だが結局賢人は高校へ一日も通うことなくそのまま退学した。

ある時学校から帰ってくると、家の門扉に紙袋がかかっていて、見ると中に白いバラが二本束ねられていた。メッセージも何もないが、賢人だと直感した。すぐに白いバラの花言葉を調べた。深い尊敬、私は貴方にふさわしい、二本なら、この世界はふたりだけ。白いバラを前に僕は泣いた。

その後僕は高校を卒業し、第一志望の大学に進み、大手メーカーに就職した。


一気に話し終えると安武さんは、手で顔を覆《おお》った。

あまりの意外な告白に、しばらく言葉が出てこなかった。

「それからこれまで、賢人には一度も会わなかったんですか？」

かろうじてそう訊《たず》ねると、安武さんの肩がぴくりと動いた。

「冷たいと思われるでしょうね。でもその当時は会わないほうがいいと思ったんです。いや会うのが怖いと言ったほうがいいかもしれない。そう、会うのが怖かった。日記が親に見つかり、追及され、その時は強く否定したけれども、僕が彼に惹《ひ》かれていたのは確かで、それがどういう種類の感情か自分でもわからなかった。わからないことが怖かった。気持ちがそっちに流れていくのを恐《おそ》れた。あふれ出しそうな思いと、それを押し止《とど》めようとする気持ちが、心の中で、いや全身で渦巻いて、おかしくなりそうだった。だからもし会ったら、自分がどうなるかわからない。それを恐れた。親や先生が言うように一時期の熱病のようなものだとしたら、いつか醒《さ》めて治まるだろう、それを待ったほうがいいと思った。

そう自分に言い訳した。でも賢人を忘れたことはなかった。これは真実です
「それで、どうして急に賢人に会いに来たんですか？」

「実は海外赴任《ふにん》が決まって、当分日本を離れることになって」

「ああ、それで」

ずっと胸につかえていたことを、すっきりさせたかったのか。そう思ったが口には出さなかった。

「その前に、結婚《けっこん》もするので」

「え、あ、あ、そうですか」

結婚後、夫婦で海外に行くという。

「それは、女の人とですか？」

思わず口をついて出たが、不用意な質問だったかと瞬時《しゅんじ》に後悔《こうかい》する。

しかし安武さんは、ふっと表情をゆるめ、穏《おだ》やかな口調で言った。

「そうです。でも賢人ほどに心の底から尊敬し、深愛を感じた相手はいません。男でも女でも」

その後ふたりでアパートに戻り、賢人の部屋の呼び鈴を押したが反応はなかった。しば

らく待ってみたが、安武さんは婚約者《こんやくしゃ》と会う約束をしているというので、私に白バラを託し、帰っていった。

結局、賢人の部屋に明かりがついたのは、午後八時を過ぎてからだった。バラの花を手に、呼び鈴を押す。すぐに賢人が出てきた。咄嗟《とっさ》にバラを後ろに隠す。

「あ、あの、帰ってきてたんだ。どこか出かけてたの？」

賢人が小首をかしげる。

「うん、駅前でラーメン食べてきたんだけど、何で？」

「いや、さっきも来たんだけど、いなかったから。これ預かってて」

バラを差し出す。

「あ」

賢人が短く言い、固まる。

「や、安武さんが、お見舞《みま》いに来て」

「そ、か」

バラを受け取り、じっと見つめている。

「それからね」

これだけは伝えたほうがいいと、意を決して言う。

「海外赴任が決まったんだって」

「そ、か」

「当分日本には帰ってこないみたい」

「そ、か」

「それから、結婚もするんだって」

賢人が息を呑む。沈黙《ちんもく》が続く。賢人の顔をまともに見ることができず、思わずうつむき、自分の靴先に目を落とす。

「そ、か。良かった。幸せで良かった。幸せなら、良かった」

強がりで言っている響《ひび》きはなかった。顔を上げると、賢人の口元には笑みが浮かんでいたが、目はかすかに潤《うる》んでいるように見えた。

泣かないで、賢人。

「あ、あのさあ、また、いつでもうちにご飯食べに来てよ。と言っても、大したものないんだけど。これ、謙遜《けんそん》じゃなくて、単なる事実ね」

賢人は返事をする代わりに、顔をくしゃりとさせて、何度も何度も頷いた。

「あのつらい経験、過去があったから今の自分がいるんだと、堂々と胸を張って言える人は、現在が幸せな人です。そうじゃない人は、過去のあのことがあったから、今の自分がこうなった。あのことさえなければ、と悔《く》やむんです」

いつだったか木戸先生が言っていたのを思い出す。

賢人はどっちなんだろう。やっぱり悔やんでいるのかな。安武さんと出会わなかったら、今とは違う賢人になっていたんだろうか。

「自分ではとっくに葬《ほうむ》り去っていたと思っていた過去が不意に目の前に現れ、自分に復《ふく》讐《しゅう》することもあります」

そんなことも言っていた。今夜はやけに木戸先生の言葉が思い出される。

不意に目の前に現れた過去。安武さんは、賢人にとって確かにそうだったろう。けれど復讐されたわけではない。それは賢人が最後に見せた笑顔が証拠《しょうこ》だ。安武さんの訪問は、賢人にとって福音《ふくいん》だったと思いたい。福音という言葉は、春の終わり頃もらった三上くんからの葉書に書かれていたので、辞書で調べると『喜びをもたらす知らせ』とあった。田中《たなか》さんに、福音がありますように。

マリア様が描かれた古い宗教画のようなイタリア製のポストカードにそう添えられていた。三上くんも元気にやっているようだ。私はキリスト教の信者ではないけれど、祈《いの》りたい気持ちになった。

次の日、学校から帰ってくると、アパートの前で地べたに腰をおろしてタバコを吸っているおばあさんがいた。おばあさんでタバコを吸う人を見たのは初めてだったから、少し驚《おどろ》いた。もんぺみたいな黒いズボンに、紫色の長袖《ながそで》ブラウスを着ていたけれど、痩せて骨ばった体つきが服の上からでもわかった。横を通り過ぎる時、ちらっと目をやると、顔は骨の上に皮一枚といった感じで両目は落ち窪《くぼ》み、ドクロがタバコをふかしているようにも見えた。うつむいて前を通り過ぎ、部屋に入ろうとすると、後ろから声をかけられた。

「あんた、花実《はなみ》かい？」

心臓がどくん、とした。

「花実だろ？」

振り返る。

「はい、そうですけど」

ドクロばあさんが、へへっと笑い、口をすぼめてタバコを吸うと、絞《しぼ》った巾着《きんちゃく》のように口元にきゅっとシワが寄った。

「やっぱりちっとも似てねぇな。ま、当たり前か」

「えっ」

お母さんの知り合いだろうか？

「いんの？」

立てた親指をドアに向ける。

「あ、お母さんですか？」

「お母さん、そっか、お母さんか。へっへへ」

何がおかしいのか、ドクロばあさんが小馬鹿《こばか》にしたように笑うのを見て、私はだんだん不愉快《ふゆかい》になってきた。

「今はまだ帰ってきてませんけど」

声に警戒心《けいかいしん》がにじんでいたが、おばあさんは別に気にする様子もないようだった。

「ま、いいや。また来るワ」

おばあさんはそう言うと、指に挟んでいた火のついたタバコをそのまま放《ほう》り捨てた。

「あっ、ちょっと」

慌てて足で踏み消す。うちは木造モルタルアパートだから、こんなのが燃え移ったらあっという間に焼け落ちてしまうだろう。今時、タバコをポイ捨てする大人というのも珍しい。火の消えた吸殻《すいがら》を拾い上げて顔を上げると、もう老婆《ろうば》の姿はなかった。

午後六時半過ぎに、仕事を終え、夕飯の買い物をしたお母さんが帰ってきた。いつものように慌ただしく食事の支度をするお母さんの背中に向かって言う。

「今日さ、学校から帰ってきたら、アパートの前にまた変な人がいたんだよ」

「この前の、賢人の昔の知り合いじゃなくて？」

「うん、女の人。痩せたおばあさん」

お母さんの背中がびくっとして動きが止まる。ゆっくり振り返る。

「おばあさん？　ど、どんなおばあさんだった？」

「えっと、タバコ吸ってた」

ドクロみたいだったとは言わなかった。

「で、ひどいんだよ。その人、タバコポイ捨てしたの。火のついてるタバコをだよ。信じらんない今時。でね、私の名前知ってたの。だからお母さんの知り合いみたいだったけど」

お母さんは笑おうとしたようだったが、唇が変な形に歪《ゆが》んで目の下の筋肉が痙攣《けいれん》している。顔色もみるみる悪くなった。

「その人、何か言ってた？」

「また来るって」

「そう」

「お母さんの知り合い？」

「うん、まあ」

それっきりあとに続く言葉がなかった。

「お母さん？」

「うん？　ああ、ごめん。ご飯にしよっか」

笑顔になってまた料理の続きを始める。だけどその晩は、珍しくお母さんの食欲がなかった。こんなことはめったにない。少し漬物をかじっただけで、箸を置いた。大好きな肉団子にも手をつけない。

「どうしたの？　具合悪いの？」

「いや、ちょっと胃がね。なんだろ。弁当が傷んでたかな。だんだん暑くなってきたから、

「気をつけないとダメだな」

胃のあたりに手を当て、弱々しく笑う。

「大丈夫、大丈夫、あとで薬飲んで寝れば、すぐ治るよ」

うちに胃薬なんてあったかな。何しろふたりとも胃が丈夫なので、胃薬を必要としたことがないのだ。真理恵のとこなんか家中胃弱で、胃薬を常備していると聞き「うちには胃薬がない」と言うと、たいそう驚かれた。真理恵は私立の女子中に行ったけれど、元気にしているかな。真理恵は学校にも胃薬を持ってきていたから、同じ中学だったら、言えばもらえたかもな。こんなふうに今でも私は真理恵のことを時々思い出すけれど、真理恵も私を思い出してくれることはあるのかな、と思ったら少し切なくなった。

その夜、不穏《ふおん》な音で目が覚めた。苦しんで吐き戻しているような。横で寝ているはずのお母さんの姿がない、と思ったら、トイレで便器を抱えてえずいていた。

「お、お母さん、どうしたの？　大丈夫？」

慌ててそばに行き、背中をさする。

「ああ、大丈夫、大丈夫だよ」

そう言って私を見上げた顔は、涙《なみだ》で頬が濡《ぬ》れ、目には涙がいっぱい溜まっている。

「やっぱ、弁当にあたったみたい。へへっ」

弱く笑ってみせるが、顔色が悪い。

「明日、私、薬買ってくるよ」

薬、真理恵にもらえたかも、なんてセコイことを考えたからバチが当たった気がした。

「いや、いい、いい、もう大丈夫だから。それに薬で治るとかいうのじゃないから」

「え、何で？」

「いや、もう大丈夫だから。起こしちゃって悪かったね。寝よ、寝よ。でないと明日起きらんないぞ」

お母さんに促《うなが》されて床《とこ》に戻る。お母さんは顔を洗ったあと、横になった。

翌朝起き出していくと、いつものように朝ご飯ができていて、お母さんも「おはよう」といつもと変わりない様子だった。

「眠《ねむ》くないかい？　昨日変な時に起こしちゃったからな。ごめんな」

「ううん、大丈夫。お母さんこそ、大丈夫なの？」

「あ、うん。もう大丈夫だよ。さあ食べよっか。胃が空っぽだから、さすがに腹減ってるよ。いただきます」

そう言ったものの、お母さんの箸を持つ手はすぐに止まった。

「昨日来た人のことなんだけど」

「ああ、あのおばあさん？」

「うん、多分、大昔の知り合いだと思う。もう十年以上会ってないんだけど。でももしその人がまた来て、何か言ってきても相手にしなくていいから」

「え、何で？　お母さんの嫌いな人なの？」

「嫌いっていうか。怖い人だから。ものすごくおっかない人。お母さん、ほかにもう怖いもんなんてないんだけど、あの人だけは、おっかないの。今も昔もずっと。だから花もあの人には関《かか》わらないで」

目が怯《おび》えていた。お母さんのこんな目は初めて見た。

「うん、わかったよ」

それを聞いて、お母さんの表情が少し和《やわ》らいだ。

昨日のおばあさん、誰なんだろう。でもお母さんがこれだけ嫌がっているってことは、賢人の時と違って今度は間違いなく昔お母さんに嫌なことをした人に違いない。痩せて落ち窪んだ目に宿っていた小狡《こずる》そうな光を思い出し、ぞくっとした。いかにもそういうことをしそうに思えた。

葬り去ったと思った過去が不意に目の前に現れ、復讐することがある。そんなことさせるもんか。お母さんの敵は、私の敵だ。「また来る」なんて言ってたけど、今度来たら追い払《はら》ってやる。安武さんと違って、あれは過去からの福音じゃなくて、間違いなく禍《わざわい》だ。負けるもんか。武者震《むしゃぶる》いのように体の芯《しん》がぶるっとした。

腹が減っては戦《いくさ》ができぬ。

これも木戸先生が言っていたっけ。とりあえず納豆ご飯をかき込む。


学校が終わり、帰る道すがら、私は「来るなら来てみろ」という気持ちで一歩一歩踏みしめるようにして帰ってきた。だから昨日と同じようにあのドクロばあさんの姿をアパートの前に認めた時、自分でも驚くほど冷静だった。ドクロばあさんは、昨日と同じ服装で昨日と同じように地べたに腰をおろし、タバコをふかしていた。

無視して家の中に入ろうと、ドアの前で鍵をカバンから取り出していると「おいっ」と鋭《するど》い声が後ろでした。

「お帰りぃ」

打って変わって、気味の悪い猫なで声で満面の笑みを浮かべこっちを見ている。

負けるもんか。黙《だま》って睨《にら》み返すと、

「いつも帰りこの時間？　学校楽しいか？」

おばあさんは、屈託《くったく》なく聞いてくる。

「はい」

聞かれたことに必要最低限の返事しかしないと心に決める。

「へぇ、そりゃいいや。じゃあお勉強も好きなんかい？」

「はい」

答えると、おばあさんは何がおかしいのか腹を抱えて笑い出した。

「へぇ、お勉強が好き、か。こりゃあますますあたしの孫とは思えんわ」

え、今なんて？　孫って言った？

固まっている私を見て、おばあさんは、

「何？　聞いてないのかよ、あの子から。ふんっ、まあいいけどさ。あたしは、田中タツヨ。あんたのおばあちゃんだよ」

黄色い歯を見せ、にたりと笑う。

「う、嘘、嘘だ。だって、おばあちゃんはもう亡くなってるって聞いてるもん」

「何だよ、そういうことになってんのかよ。全く失礼しちゃうぜよ。あんたのおばあさまは、今こうしてピンピン、生きてるだろーがよっ」

と言って、その場でぴょんぴょん跳《は》ねてみせる。頭が混乱して、めまいがしてきた。

「何やってんの？」

スーパーの袋を下げたお母さんが立っていた。明らかに顔がこわばっていた。

「何って、わざわざ取りに来てやったんだろうがよ、四月から全然だからよ」

お母さんが慌てたように周囲を見回す。

「とりあえず、ふたりとも中入って」

部屋のドアを開ける。

私の祖母だというのなら、お母さんの母親なのだろう。久しぶりの再会だろうにお互い目も合わさず言葉も交わさない。

ずずんっ、とタツヨさんが鼻を鳴らし(鼻をかんだわけでもないのに、どうしてあんな音が出るのだろうと思うようなよく響く音だった)指に挟んでいたタバコをまたポイ捨てした。

私は焦って踏みつけ、火を消し、吸殻を拾い上げた。こんなことを平気でする人が本当に私の祖母なんだろうか。

六畳の和室に通されたタツヨさんは、無遠慮に部屋中を見回し「へぇ。ふうん。へぇ」と言ってニヤニヤしていた。制服を着替えてくると、お母さんは買ってきた食材を冷蔵庫にしまい、木製の折れ脚《あし》テーブルを挟んでタツヨさんの前に無言で座った。私も部屋の隅で体育座りをする。お母さんはテーブルの上で組んだ自分の指に視線を落としているが、その表情には苦々しさがにじみ出ていた。テーブルの上にはお茶も出ていない。誰か来れば必ず真っ先にお茶を出すお母さんなのに。それも初だが、人に対してこんなにも露骨に嫌悪感を顕《あら》わにしているお母さんも初めてだった。それを唇のはしを意地悪そうに歪め、小馬鹿にしたような笑みを浮かべて見ている私の祖母だという人。

おっかない人。

今朝、お母さんが言っていた言葉を思い出す。

「だから四月はいろいろ物入りで」

最初に口火を切ったのはお母さんだった。

「だったらひと言あってもいいだろうがよ。それに今は何月だ？　もうすぐ六月だろ？まだその物入りってやつは続いてるのかよ？」

またお母さんが押し黙りうつむく。ここまでの短い会話でも、大体のことが察せられた。お母さんは、この人に仕送りをしていたらしい。それがこの四月以降途絶《とだ》えた。四月に仕送りできなかったのは、私の中学入学準備にお金がかかったからだろう。それでこの人が困ったのなら、私にも責任がある、のかもしれない。

「だからわざわざ、遠路はるばるこうして取りに来てやったってわけだよ」

恩着せがましく言う。

そうだったのか、と私の中で腑《ふ》に落ちるものがあった。お母さんがきつい仕事で、あれだけ働いていて日々節約に励《はげ》んでいる割に、常にうちにお金がないのは。薄々不思議には思っていた。タツヨさんに仕送りをしていたからだ。その点は、謎《なぞ》が解明されてすっきりした。もしかしたらとんでもない額の借金があるんじゃないかと思ったこともあったから、それよりはマシだ。

こういうのを、不幸中の幸いというのだっけ。これも教えてくれたのはやっぱり木戸先生だった。あれはなんの授業の時だったか。先生は時々、前後の脈絡《みゃくらく》もなく、唐突《とうとつ》に全然関係ない話をすることがあった。

「不幸中の幸いというのは確かにありますよ。この前先生がスーパーに買い物に行った時、自転車のかごにリュックを入れておいたんです。買い物を終えて戻ってきたらリュックがなくなっていて、つまり置き引きというのに遭ったんですが、財布も携帯も家の鍵も、全部小さなポーチに入れて店内に入ったので、リュックには大したものが入ってなかったんです。むしろいらないものだらけで。カバンとかリュックって、いつの間にかいらないものでいっぱいになってるんですね。一年も前のレシートとか、とっくに期限の切れたクーポンとか、郵便受けに投げ入れられていたチラシとか、街でもらったティッシュとか、もう食べられるんだかあやしいガムとか、袋の中で溶《と》けてまた固まったアメとか。ほかにも気がつかないうちに、底のほうに小さいゴミがいつの間にかたくさん溜まってるんです。その量は使った年数に比例します。

先生はそのリュックを大学生の時からずっと使っていて、一度も洗ったことがありませんでした。それにチャックの調子も悪くなってきていて、よく見るとチャックの歯が一箇《いっか》所《しょ》乱れているところがあって、口を閉じる時いつもそこに引っかかるのを、なんとかだましだまし使っていたんです。さすがにもう限界だな、次のゴミの日に捨てようと思っていた矢先に、盗《と》られたんです。しかしリュックには大したものが入っていないというか、ほぼゴミ袋と化していたので、盗られたのがそれで良かった、ああ、不幸中の幸いだな、と思いました」

先生にはそうかもしれないが、泥棒《どろぼう》にとってはとんだ災難《さいなん》だったろう。

「でも先生はすぐにこう考えました。みなさんは、猫は自分の死期が近づくと自ら姿を消す、という話を聞いたことがありませんか？　だからもしかしたらあのリュックも、自分が捨てられるのを悟って、自ら姿を消したのではないか、と思ったのです。いや、そうに違いないと思えてきました。考えてみればそのリュックは、先生とは長きにわたって良き相棒でした。酷寒酷暑の春秋を、共に幾年月も耐えてきました。ものには魂が宿ると言います。猛暑《もうしょ》には先生の背中の汗を吸い、厳寒の頃にはお互い降りしきる雪にまみれ、風雪を耐えた仲なのですから、そんなことはないと、誰が言えるでしょうか。そして別れの時を悟ったリュックは自ら姿を消したのです。先生に捨てるつらさを味わわせないようにと。その気持ちを思うと先生は胸がいっぱいになりました。『ありがとうリュック。そしてさようなら、リュック』と自然につぶやいていたのでした」

これは一体、いい話なのか何なのか、聞いていた私たちを大いに戸惑わせたが、先生は最後に、

「ではリュックはどこに行ったのでしょうか。それはここではない、今先生たちがいるの

とは別の世界に行ったのです」

と締めくくったので結局のところ、いつものオカルトテイストの話のようだった。真理恵は「最初は一度も洗っていない先生のリュックってとこで『おえっ』ときて、最後のオチにどん引いた」と顔をしかめた。

真理恵もこの話を思い出すことがあるだろうか。

と、つかの間、意識が昔に飛んでいると、タツヨさんの、ずずん、と大きく鼻を鳴らす音で現実に引き戻された。

「ま、いいや。少しぐらいは待てるさ。用意ができるまで、ここにいるから」

「えっ、ここに？」

お母さんと私の声が重なった。

「別にいいだろ。親なんだし。それにあんたも振込《ふりこみ》の手間が省けていいってもんだろ」

お母さんの顔色が、倒《たお》れるんじゃないかと思うくらい悪くなった。

「お、お母さん、本当なの？　本当にこの人がお母さんのお母さんなの？」

お母さんは、唇を噛んで押し黙っている。

「だからそうだってさっきあたしが言っただろ」

タツヨさんが苛立《いらだ》った声で言う。

「あんたなんか親じゃないよ」

「なんだって？　日本じゃ、産んでくれた人間のことを、親って言うんじゃないのかよ？　それともあんたは川で拾ってきた桃《もも》の中から生まれたのかよ？」

「そのほうがよっぽどマシだったよ」

タツヨさんが一瞬口をつぐむ。

「それよりあんたっ、あたしが死んだことになってるんだって？　親、勝手に殺すなよ」

明らかに話の流れを変えようとしていた。

「そうとしか言えないような状況にしたのはあんた自身じゃないか。死んでいてくれるほうがマシって子供に思われるようなことをしてきたからじゃないか。生きていると思うと憎《にく》んじゃうから、亡くなっているってしたほうが救われるんだよ。それでしか救われないんだよ。あんたは私を捨てた時、自分が母親であることも捨てたんだよ」

「そうやって今更昔の話をほじくり返して歳取った親をいじめたらいいさ」

タツヨさんはそう言っていじけたように背を向け膝を抱える。

背中の骨が浮き出す。

お母さんは軽くため息をついて、

「さあご飯にしよっか。花、お腹すいただろ？」

と、私に笑顔を向ける。

「ああ、減ってる、減ってる」

タツヨさんが振り返りけろっとして言う。お母さんがさっきより大きなため息をついた。

結局三人で食卓を囲む。メニューは、唐揚げと漬物とポテトサラダと大根の味噌汁。

タツヨさんは遠慮なく、すべてのおかずに箸を伸ばし豪快《ごうかい》に食べていく。次々食べ物がタツヨさんの口に放り込まれる。痩せているのにびっくりするくらいよく食べるところは確かにお母さんに似ている。

しかし夕食を待つ間、タツヨさんは、

「まだかかるのかよ？　相変わらずお前は仕事が遅《おそ》いねえ」

と憎まれ口を叩き、かと言って手伝う気もさらさらないようで、自分は寝転んでテレビを見ていた。そうかと思うとご飯を食べながら、

「これ、銘柄米《めいがらまい》じゃないだろ？　標準米か？　ご飯にツヤと風味が足りないよ。あたしはね、そういうのはちゃんとわかるんだよ」

と、小鼻を膨らませ誇らしげに言う。お母さんはタツヨさんのことを、言動も存在も無視するように黙々《もくもく》と食べていたが、

「自分の稼いだお金で、自分の好きなものが好きなだけ、誰に遠慮もせず食べられるから今は幸せだよ。他人《ひと》ん家《ち》でご飯もらってる時は、その家の人のご機嫌取りして顔色窺《うかが》って、ひたすらへつらってた。食べたい一心でさ。そんなことを毎食してたら、自分が餌《えさ》欲しさに飼い主に媚《こ》びる犬にでもなったような気がしていたけど、犬のほうがまだマシだったろうね。自分のことを浅ましいなんて感じないだろうから。人が食べるのを『美味しそうだなあ』って指をくわえながら見ている気持ちがわかるか。今は食べ物を前にしても、誰に気を使わなくてもいい、顔色を見なくてもいい、みじめな気持ちにもならない。好きなものを好きなだけ食べられる。あの頃に比べりゃ天国だ」

タツヨさんのほうは全く見ずに言う。

タツヨさんはタツヨさんで、まるで聞こえていないかのように、唐揚げを表情ひとつ変えずにもりもり頬張る。

今までの会話から推測すると、タツヨさんは自分の子供、つまりお母さんを捨て、お母さんはそのあといろいろ苦労したらしいが、大人になったら、タツヨさんに月々仕送りを

していたらしい。それがこの四月に途絶えたので、我が家にやってきた。私や周囲に親は亡くなったことにしていた理由は、目の前にいるタツヨさんを見れば明白だ。

もし私に祖父母がいたら、と考えたことはある。祖父母にとって孫は目に入れても痛くないものだと言われているし、孫にとっても、おじいちゃんおばあちゃんは、いつでもやさしく包み込んでくれる、春の日だまりのようなあったかい存在なのだろうと想像していた。愛情を無条件で無限に注いでくれる人、そう思っていた。いつだったか真理恵も「おばあちゃんは、いつでも私を受け入れてくれるの。失敗しても、いろいろできないことがあっても、私のことを絶対否定しないの」と言っていた。だからそういうものなのだと思っていた。想像の中のおじいちゃんおばあちゃんは、やさしくいつも笑っていて、私をまるごと愛してくれる存在だった。

今のところ、私の祖母だとされる目の前のこの人に、それらのことは微塵《みじん》も感じられない。本当にこの人が私のおばあちゃんなんだろうか。信じがたいがお母さんの言動からすると、どうもそうらしい。

タツヨさんは、自分で持ってきた紺色がだいぶ抜《ぬ》けた布袋から着替えを出し、当たり前のように一番風呂《ぶろ》に入った。着替えを持ってきているということは、最初から泊まるつもりだったのだろう。お母さんがテーブルを片付け、居間に寝床の用意をしている。今夜タツヨさんには、ここで寝てもらうらしい。でもそれはお母さんの布団で、うちには布団は二組しかないからお母さんはどうするのだろう、と思っていたら、

「何だよ、このぺちゃんこなせんべい布団はよ。いや、せんべい以下だろ。牢屋《ろうや》のふとんだってもうちょっとマシだわ」

敷いた布団を指先ではじいてタツヨさんが言う。

「牢屋の布団、知ってるんですか？」

「あたしは知らないよ。でもあの子は知ってるよ。あの子に聞いてみ」

タツヨさんが顎《あご》で示し、ヘラヘラと笑った。お母さんの顔色がさっと変わる。

ちょっと突《つつ》くととんでもないものが飛び出してきて、頭と心がついていかない。

今の会話も到底聞き流せないようなものだったが、思考の防御《ぼうぎょ》装置でも働いたのか、それはとりあえず棚に置き「でもうちには、ほかに布団ないんですけど」と普通に言葉が出てきて、自分でも少し驚いた。

「なぁに、畳で十分さ。砂利道で寝ることを思えば」

砂利道で寝る。前にお母さんもそんなことを言ってた。偶然《ぐうぜん》だろうか、それとも小さい

頃交わされた会話だったのか、もしかしたら本当に、ふたりで砂利道で寝なければならないような窮地《きゅうち》に陥《おちい》ったことがあるのか。

タツヨさんは躊躇なくごろんと横になり、胎児《たいじ》のように背中を丸め、すぐにいびきをかき始めた。初めて来た家で布団の上でもないのに、明かりがついたまま、よくすぐに寝つけるものだと呆《あき》れたが、この人はこんなふうに、いつでもどこでも寝られるようにならなければ、やってこられなかったのかもしれない。

白髪まじりの頭髪は地肌《じはだ》が透《す》けて、着古して色の抜けた寝巻きが骨ばった体に張りつき、起きている時よりもずっと小さく見える。

何かに似ている、と思ったら、以前学校の帰りに道で見た鳥のヒナだった。巣から落ちたか、ほかの動物が餌としてくわえてきたものを落としたのか、既にそのヒナはアスファルトの上で死んでいた。うっすら毛が生えていたが、薄いまぶたは閉じられ、口をかすかに開けていた。時間が経っているのか、干からびかけている。小さかった。丸めたティッシュと変わらない。遠目には、ただのゴミに見えるかもしれない。

でもそれは確かに命だったのだ。それが不思議だった。

タツヨさんのまぶたも閉じられていたが、目が落ち窪んでいるので、それが影になって本物のドクロみたいで怖かった。私は自分の毛布を持ってきてタツヨさんに掛けると、明かりを消した。

お母さんと私は隣の部屋で、いつものようにふたり布団を並べて寝た。聞きたいことはいっぱいあった。でも何から、どこから聞いていいものか。

「お母さん、あの人、本当にお母さんのお母さんなの？」

やはり一番知りたいことを口にした。ナツメ球だけ灯《とも》した薄暗い中で、天井を見つめながらのほうが聞きやすい気がした。

「うん」

そういえば、お母さんが、タツヨさんを「お母さん」と一度も呼んでいないことに今気がついた。

「じゃあ、何でお母さんって呼ばないの？」

沈黙が続いた。

「最初は呼んでたよ、お母さんって。でも、あの人から自分の人生を切り離そうと思った時から、そう呼ぶのをやめたんだ。お母さんだと思うから、つらくなる、憎くなる。母親じゃないと思うほうがラクだったからだよ。実際そう思ったら、解き放されたみたいに心が軽くなったんだよ。ひどいと思う？」

「ううん。だってそうされても仕方ないことしたんでしょ、おばあ、……あの人」

「小さい頃遠い親戚や施設に預けられて、それっきりにしてくれたほうがまだ良かったのに、あの人は気まぐれと自分の都合で、迎えに来たり、また捨てたりを繰り返して、その度に絶望を味わわされた。でも何度裏切られても、また迎えに来てくれると『今度こそは』って思っちゃうんだよな。『今度こそは大丈夫だ』って。

でもどこかに預けられるならまだいいんだ。置き去りにされるよりは。『ちょっとここで待ってて』って言われて、待っている間、その間に、だんだん絶望に変わって行く時の気持ち。最後、捨てられたのがとうとう決定的になって、裏切られたと確信した時の絶望。あれはきつい。

あの人が消えた方向をずーっと見てるんだ。何時間も。『ちょっと待ってて』っていう最後の言葉を頭の中で繰り返し再生させてさ。何十人、何百人と人が通り過ぎてもさ。私のことなんて気にかける人もいないけど、すぐに戻ってくると思っていたから平気だった。でもいくら待っても、戻ってこないと薄々わかってても、それでも『事故にでも遭ったんじゃないか』とか『急に用事ができたんじゃないか』とか思って今度は逆に心配したり、ね。置き去りにされるより、そう考えたほうがまだ救われたから。でもそうじゃないってはっきり確定した時、本当に目の前が真っ暗になるから。あれは耐えられないよ。一緒にいればいいたで、またいろいろあったんだけど。私はある時から、あの人を『お母さん』って呼ばないことで、今の自分を支えるようになったんだ」

「うん、わかったよ」

隣の部屋からは、タツヨさんのいびきが聞こえてくる。いかにものんきそうないびきにちょっと腹が立ってくる。

こんな人にどうしてお金を送っていたのだろう。多分向こうがしつこく要求してきたんだろう。そういうことを平気でしそうな人だというのは、今日だけでも十分にわかった。

本当はもっと聞きたいことがあった。もしかしておじいちゃんも実は生きているのかとか、あの人が言った「牢屋の布団のことは、お母さんに聞け」とか。そうだ、最初に会った時「ちっとも似てねぇな。ま、当たり前か」と言っていたのも、ずっと引っかかっている。でももう今夜は私の容量もいっぱいだ。これ以上受け止められない。もう眠ろう。

突然「ふがっ」と、タツヨさんが、喉をつまらせたような音を立てたが、心配する気にはならなかった。

自分の祖母なのに、他人より他人に思える自分の心が少し怖かった。

翌日、学校の昼休み、佐知子が「今日部活ない日だから、放課後図書館行かない？」と言ってきた。

「あー、ごめん、今親戚が来てて」

「へえ、誰？　いとことか？」

「えーと、祖母」

別にあの人に会いたくて早く帰りたいわけではない。お母さんが帰ってくる前に、聞きたいことがあったからだ。

「おばあちゃん？　いいね。おばあちゃんとかって、やさしいでしょ。お小遣いとかもたくさんくれるんじゃない？」

「ん、んん」

小遣いどころかお金を取りに、というかむしり取りに来たのだけど。でもいくらむしり取ろうったって、こっちもクリスマスの七面鳥のごとく丸裸なのだから（食べたことはないがテレビで見た）、むしり取れる羽などないのだ。

「いいね。おじいちゃんおばあちゃんって、孫にめちゃ甘なんでしょ。妹見てるとそう思うもん」

佐知子がちょっと寂《さみ》しそうな顔になる。ああ、そうだった、佐知子のところはおじいさんおばあさんが、アレな人たちだったっけ。

「本当のお父さんのほうのおじいちゃんおばあちゃんとは、会ったことないの？」

「ないよ。一度もない。お母さんのほうの祖父母はもう亡くなっているから、私のおじいちゃんおばあちゃんは、このふたりしかいないんだけど」

「会いたいと思う？」

「うん、お父さんより会ってみたいかも。孫って無条件に可愛いらしいからさ。きっとすごくやさしいと思うんだよね」

決してその限りではないんだよ、と思ったが黙っておく。佐知子のジジババ幻想《げんそう》を、いたずらに壊《こわ》すのも気が引けた。

「おじいちゃんおばあちゃんは、どんなことがあっても、絶対私の味方だと思うし、私が泣いてたら、よしよしってあたたかく包み込んでくれると思うし」

今、佐知子の味方は、家にはいないの？　泣いてたら包み込んでくれる人は家族にいいないの？

佐知子の悲しみが伝わり胸が痛くなる。

そんな家を早く出たいと言っている佐知子。早ければ早いほどいい。できれば中学卒業と同時に。自分の力で高校へ進学したいと言っていた。

そのためにはやはりお金なのだ。

そう、今私に必要なのもお金。タツヨさんもお金を受け取ったら、出て行く。自分の家に帰ってくれるのだろう。自分の祖母に対して、ひどい言い草かもしれないが、どうしてもあの人を好きになれる気がしない。不吉な爆弾《ばくだん》のような人。不用意に近づくと危険だ、と本能が警告《けいこく》している。

何よりお母さんを守りたかった。どう見てもタツヨさんは招かれざる客で、しかしそれが実の祖母だと思うと、やりきれなさを感じるが仕方ない。

私たちの利害は一致《いっち》した。目標達成のためのお金を必要としている。

「佐知子、例の話は進んでる？」

「え、何？　何のこと？」

「起業のための資金作りだよ」

「ああ、あのこと。いや、もう全然」

「実は私も早急にお金が必要になってね」

「何か買いたいものでもあるの？」

「いや、我が家を衛《まも》るための、いわば防衛費です」

「何かよくわからんけど、お金はいくらあっても邪魔にならないし、確かにその人の力になるよね」

「そう、金は力なり。で、具体的にはどうする？」

そこで私たちの話はストップするのだ。うーんと唸《うな》って腕を組み、うつむくか空を仰ぐのみ。すぐに壁にぶち当たり、限界が来る。うーん、と眉間にシワを寄せ、もう一度唸る。


学校が終わり、家に帰ってくると、居間の真ん中に布団一式が鎮座《ちんざ》しており驚いた。見るからにふかふかで厚みがある。ローラアシュレイではなさそうだが、涼しげな水色の地に上品な小花が散らしてある。一番上に枕《まくら》があり、低反発枕というのだろうか、押すと何とも言えない感触《かんしょく》で、それが面白く何度も押してみる。

しかしこれはどうしたのだろう？　お母さんもまだ帰っておらず、タツヨさんの姿もなかった。しばらくするとお母さんが帰ってきた。

「うわっ、何これ？」

お母さんも驚いている。

「もしかしてあの人が？」

私が言うとお母さんが「あっ」と声を上げ、はじかれたように素早く箪笥《たんす》の前に行き、三段目の引き出しを開け、中の衣類をかき分ける。

「あー、やられた」

ちょうどそこへガチャガチャとドアを開ける音がし、タツヨさんが入ってくる。

「あんたっ、またやったねっ。お金、盗ったろ」

「何だよ、人聞きの悪い。ちょっと前借りしただけだろうが。その分、今度もらう中から引いといてくれよ。しかしお前も変わらないのな、箪笥の三段目の引き出しの奥に金隠すの。もしやと思ったらビンゴで、逆に驚いたワ」

「それでこれ買ったのかよ？」

「そうさ。人間、人生の三分の一は寝ているっていうからな。やっぱり睡眠《すいみん》は大事だよ」

「そういうこと言ってるんじゃないよっ」

「だからこの分、もらう額から引いといてくれ、って言ってんだろうが」

お母さんが大きなため息をついたが、タツヨさんは全く意に介《かい》さぬというふうに、鼻歌を歌いながら洗面所で手を洗うと、けろっとして「今日のメシ、何？」と聞いた。

またタツヨさんは夕食を遠慮のかけらも見せず綺麗に平らげ、一番風呂に入り、新品の布団の上でご満悦《まんえつ》そうだった。

「あの、聞きたいことがあるんですけど」

お母さんがお風呂に入っている間に、タツヨさんににじり寄る。

「あん？　何？」

「あの、もしかして、私の祖父に当たる人も生きてたりします？」

「あ？　ソフ？」

タツヨさんが、初めて聞いた言葉のように首をかしげる。

「はい、私のお母さんのお父さんです」

「あの子のお父さん？　はて、そんな人、いたかいな？」

タツヨさんは人差し指を頭に当てて、わざとらしく考えているポーズを取る。

「マリアさんとおんなじで、ある日突然身ごもっとったからなあ。自分でも気がつかんうちに」

マリアさん、もしかして、マリア様のことだろうか？

「そういうこと言うと、バチが当たりますよ」

「バチ当てるんは、仏教じゃないんかい？　キリストさんでもバチ当てるんかい？」

「さ、さあ」

どうもこの人から真実を聞き出すのは無理そうだ、と思われたが、それでも聞いてみる。

「私のお父さんについては？　何か知ってることありませんか？」

「それこそ知らんわ。こっちが聞きたいぐらいだよ。あんたが生まれたことさえ、ずーっとあとになって知ったくらいだからね」

期待はしていなかったが、やはり少し落胆《らくたん》した。見るとタツヨさんは、もうこっくりこっくりしていて、そのまんま崩《くず》れるように布団に横になり、あっという間にいびきをかき始めた。お母さんのように大きなため息が出た。

お母さんと布団を並べて寝ていると、自然とその話になる。

「いつまで、いるのかな？」

もちろんタツヨさんのことだ。「いつ、出ていくの？」と言おうとしたが、さすがにそれははばかられた。

「お金ができるまでだろうな。なんとかするよ、一日でも早く」

「あんまりいて欲しくないの？」

「いろいろあったから、あの人とは。ありすぎて、もう感情が擦《す》り切れるくらい。気まぐれで捨てられたり可愛がられたりの繰り返しで、振り回されっぱなしだった。それでもそんなだからこそ、たまにやさしくされるとそっちを信じちゃうんだよ。それでまた裏切られて。ひどいことをされても、それを思い出す倍の数、やさしくされたことを思い出しちゃうんだ。いつかきっと普通の親子のように、お互いを思いやれるあたたかい関係になれるって信じて努力したこともあったけど、それをことごとく打ち砕《くだ》かれて、今はもう『お母さん』って呼ぶこともできない。体が頭が感情が拒否《きょひ》してるんだよ。呼んだら、今まされてきたことを許すことになる気がしてどうしても呼べない。

もう私がこの世で『お母さん』と呼ぶ人はいない。そしたらもう死んでるのも同じだって。そう思うと心が少し楽になった。死んだ人を悪く言っちゃいけないっていうからね。私のお母さんはもう死んだんだって思うことにしたんだ。恨みが薄らぐ気がしてさ。嘘ついてごめんね。人が聞いたら、ひどいと思うかもしれないけど、実際それくらいいろいろなことがあったんだよ、こうなるまでに。どちらかが死ぬことでしか許せない関係ってあるんだよ。それが親子なのは、最悪かもしれないけど」

「うん、わかるよ、何となくだけど」

「小学校二年の時にね、アズサちゃんっていう女の子と仲良くなって、家に遊びに行ったことがあるんだけど、アズサちゃん家《ち》はお父さんが高校の先生で、お母さんがピアノ教室の先生をしてたんだ。家に大きなグランドピアノがあって驚いたよ。

このお母さんが綺麗な人でね、カールさせた髪がツヤツヤしてて、ちゃんとお化粧《けしょう》して、真珠《しんじゅ》のネックレスをしてた。家の中でお化粧してネックレスしてる人なんて初めて見たよ。ピアノも弾いてくれたよ。『子犬のワルツ』ってやつ。鍵盤《けんばん》の上でほっそりした白い指が軽やかに踊《おど》ってさ、ずっと見ていたかった、聴いていたかったな。桜貝色の爪《つめ》もツヤがあって綺麗だった。綺麗な人は、爪の形まで綺麗なんだなと思ったよ。近くに行くと、いい匂いがふわっとして、ドキドキしたよ。手作りのクッキーも出してくれて。ガラスのお皿に、あれ、ペーパーナプキンっていうのかな、レース模様の白い紙が敷いてあった。クッキーはふたりで作ったんだって言ってた。美味しかったなあ。本物のバターの味がしてさ。

紙の上に残ったかけらまで全部舐めた指につけて食べちゃったよ。食べ終わったあと『この紙、もらっていいですか?』ってアズサちゃんのお母さんに聞いたら『それはもう汚《よご》れているから、新しいのをあげましょう』って、白いレースの紙を出してきてくれて『はい、どうぞ』って。私の手を包み込むようにして渡してくれて、その手が白くてスベスベでやわらかくてびっくりしたよ。私の母親とは全然違っていたから。

その後、私は違う小学校へ移ったから、アズサちゃんとはそれっきりだったけど、もらったレースのナプキンは、随分長い間、大事に取っといて時々眺めて、いつか大人になったら、アズサちゃんのお母さんみたいにクッキーを焼けるようになろうと思ったよ。あの時触《ふ》れたアズサちゃんのお母さんの手のなめらかな感触を蘇《よみがえ》らせたりもしてた。それをするのは大抵寂しい時や悲しい時だったけど。離れても、思い出すのはアズサちゃんのことより、アズサちゃんのお母さんのことばっかりだったな。

アズサちゃんのお母さんが、私のお母さんだったらいいのにな、って死ぬほど思ったよ。そのうち想像の中では、アズサちゃんと私が双子になって、あのやさしくて綺麗なお母さんと一緒にクッキーを焼いたり、ピアノを弾いてもらったり、教えてもらったりしてたな。曲はもちろん『子犬のワルツ』だよ。だからクラシックなんて全然知らないけど、この曲だけはわかるんだ。

ああいうお母さんになりたかったなあ。

これも小学校の時に社会の時間に先生が話してくれたんだけど、戦時中、特攻隊の兵士は、飛行機ごと敵地に突っ込んで行く時、みんな『お母さーん』って叫《さけ》んでたんだって。大人になってからこの話を思い出した時、もし私が特攻隊の兵士だったら『お母さーん』とは言わなかったろうな、って思ったよ。最期の最期でもね。母親がいるのに『お母さん』って呼べないのも悲しいもんだよ。

それでも時たま、たとえばそうだな、夕暮れ時、川沿いの道を歩いていたりすると『お母さん』って不意に口をついて出ることがあるんだ。もちろんあの人のことじゃないよ。でもアズサちゃんのお母さんでもない。誰のお母さんってことじゃなくて。でも『お母さん』って口にすると、気持ちがじんわりあたたかくなって、泣きたくなるんだ。『お母さん』って、すごいな、いいなあって思う。だから自分がそんなものになれると思ってなかったよ。誰かのお母さんに、なんてさ。私は、どうしようもない人間だったんだよ。間違いもいっぱいした。正直、人に言えないようなこともしてきた。こんな私だったから、人の親になんかなっちゃいけないと思った。なれるわけがないと思っていた。

でも花が生まれてくれて、ああ善《よ》い人間になりたいって思った。心の底から。それで花に『お母さん』って呼ばれる度に、私はお母さんになっていった。お母さんになれた。花、私をお母さんにしてくれてありがとう」

お母さんが布団から腕を伸ばす。私も腕を伸ばし、手を握《にぎ》る。紙やすりみたいにガサガサで、骨ばってゴツゴツしているけど、これが私のお母さんの手。

強く握ると握り返してきた。

「でも、愛されたかったなあ。愛される子供になりたかったなあ」

お母さんが搾り出すようにして言う。声が少し震えていた。多分、今お母さんは泣いている。

ふすまの向こうから、タツヨさんのいびきが聞こえた。

自分の子供が愛せなかったから、その娘の私にもああして素っ気ないのだろう。元々情の薄い人なのかもしれない。私としても、この先あの人に懐《なつ》ける気がしない。自分の祖母にそんな感情しか抱けないのが寂しい。

お母さんとタツヨさんは、同じ空間にいても目も合わせない。お互いがお互いの存在を無視しているような、でもそうすることで却《かえ》って互いを意識しているのがわかる。食事中もテレビの音声だけが騒がしく流れていくが、それがあってまだ良かった。重い沈黙の中で食べるよりはマシだ。

お母さんとふたりでご飯を食べていた頃が懐かしい。ほんの少し前なのに、ひどく昔に感じる。

あの時間を取り戻そう。

そのためには今自分は何をすべきか。何ができるか。

結局はお金の問題なのだ。私はいつもそうだ。この年齢でお金の問題に悩まされるという人はそう多くないと思うが、この年齢が邪魔して自分ではどうにもできないのがもどかしい。

暗闇《くらやみ》にため息をついた。


「勉強やテストは嫌だけど、学校が私の救いになっている部分はあるんだよね」

昼休みに、佐知子が私の席の隣に来て言った。

「救い？」

「うん、少なくともここには私の居場所があるからね。友達もいるし。実はさ、数日前から、向こうの祖父母が泊まりに来てて。『大好きなりぃちゃんと一緒に暮らしたい』とか言い出して、近いうち本格的に同居が始まるみたい。そしたら私、完全に居場所がなくなるよ。四六時中、居心地が悪くて、本物の異分子になっちゃう。本来一番安らげる場所であるはずの家に居場所がないのはきついよ。マジで一分一秒でも早くあの家出たい」

居場所。もしかしたら佐知子が過敏《かびん》になりすぎていて、意外に祖父母はそうは思っていないんじゃないか、という考えがちらっと浮かんだ。でも、そういうことじゃないんだろうな。本人がそう感じたら、そうなのだ。自分が感じたことがすべてだ。

家を出る。そういえば、タツヨさんの家はどこなのだろう。大事なことを聞いていないと今更気がつく。何日も家を空けて平気なのだろうか。仕事はしているのか。そして我が家での居心地はどう感じているんだろうか。

学校から帰ってくると、タツヨさんが最初に会った時と同じようにアパートの前に座り込んで、タバコをふかしていた。室内で吸わないのは、一応気を使っているのだろうか。

「お帰りぃ」

私を見ると、犬歯の金歯を見せてニタッと笑った。

「毎日ガッコ行っててえらいな」

「別にえらくなんかないですよ。普通のことです」

「そっか、普通か。その普通のことができなかったんだよな、あたしもあの子も」

「え、お母さんもあんまり学校行ってなかったってことですか？」

「うん？　そんなこと、言ったかいな？　もうこの年齢《トシ》だから、言ってるそばからすぐに忘れてくんだワ」

すっとぼけるその表情に脱力《だつりょく》する。

「あの、どこに住んでいるんですか？　家、何日も空けて、大丈夫なんですか？」

「ああ、大丈夫大丈夫。どうせひとりだし、根無し草みたいなもんだから。でもここ数年は都内に住んでたんだよ。この隣の板橋《いたばし》とか足立《あだち》とかに」

意外と近くに住んでいた事実に困惑する。

「仕事とかは？　働いてはいないんですか？」

「やったり、やらなかったり？　住み込みだったり、住み込んでなかったり。いろいろやったよ。でも借金があってさ」

タツヨさんが、唇をすぼめてタバコの煙を吐《は》いた。

ああ、それでお母さんがお金を送っていたのか。でもその借金というのは、タツヨさんがひとりでしたのならお母さんには関係ないんじゃないか。そういうわけにもいかないのか、親子なら。都合のいい時だけ親子というのを利用しているような気がする。実際は、親は子供を「あの子」としか呼ばず、子も親を「お母さん」と呼ぶことを頑《かたく》なに拒《こば》んでいる関係なのに。

そこへコンビニの袋を下げた賢人が帰ってきた。タツヨさんを見ると、亀《かめ》みたいにちょっと首をすくめて、警戒するような目になった。

「どぉもーっ。こんちは」

タツヨさんが笑顔を浮かべ、軽く頭を下げる。

「あ、ども」

賢人も慌てて会釈《えしゃく》する。

「あっ、相撲が終わっちまう」

タツヨさんが、まだ火のついているタバコを投げ捨てる。

「あーっ、もう」

慌てて踏み消し、拾い上げる。その間にタツヨさんはさっさと部屋の中に入ってしまっていた。

「だっ、誰？」

賢人が目を見開いて聞く。

「私の、祖母、らしい。お母さんのお母さん、みたい」

「えっ、祖母っておばあさん？　君の？　えっ、お母さんの両親って、亡くなってんじゃなかったっけ？」

「うーん、何というか、その、うん、実は生きてたみたいで。何か私が考えていたおばあちゃんというのと、かなり違ってるんだけど」

「そのようだね。でもやっぱり似てるよね。君のお母さんと、さっきの、あの人。後ろ姿とか、体つきとか。顔もね、言われてみれば確かに親子だなって」

「そうかな？」

「君は違うけど。花ちゃんはお父さん似なのかな？」

「わかんないけど」

「あ、ごめん」

「別に全然。でもね、お母さんとあの人、ギクシャクしてて、昔いろいろあったからみたいなんだけど、ギスギスしてんの。通い合うものがないっていうか、寒々としてるの。いやもうお母さんなんか、憎んでいるって感じで。親子なのに」

「親子だから仲がいい、とも限らないよ。確かに親と子なら、深い愛情でお互いを思いやれるのが一番いいし、実際そういう人が多いんだろうけど、物事に完全に百パーセントってなかなかないから、世の中の大多数がそうでも、そうじゃない人、そうなれない人っていうのは確実にいるから。もし自分がそっちのほうに入ってた時は、気持ちの持って行き場がないんだ。親子だから仲がいいとか、親子だからわかり合えるとか、家族はあったかいとか。それは正しくて素晴らしいことだけど、でも何パーセントかはそうなれない人が必ずいるんだよ。そうなれなかった事情も様々だと思うし。親を嫌いな子供もいるし、自分の子供をどうしても愛せない親もいるんだよ。だからもし自分のとこがそうだとしても、自分や誰かを責めたり恨んだりしないほうがいいよ」

「うん、でも」

私は親子なら仲良くして欲しいいし、親子ならいつかわかり合える、と思いたい、そう信じていたい。賢人には言えなかったけれど。


次の日、休み時間に佐知子が真剣な顔をして私のところに来た。

「当初の予定通り、あと三年で家を出ることに決めたよ。でないと私はあの家で窒息《ちっそく》する」

「どうしたの？」

「露骨に無視すんだわ、私のこと、あのジジイとババア。目も合わせない。妹にはそれこそ相好《そうごう》を崩す、っていうの？　この前現国《げんこく》で出てきたじゃん、顔をほころばせるって意味でしょ？　まさにそれで、もうとろけそうな笑顔で、妹が何か言う度、気持ちの悪い甘《あま》ったるい声で大げさに反応するの。でも私が何か言うと、しーん、だからね。私のこと可愛くないと思ってるのはわかってたけど、あそこまでやられるとね。お母さんは私の肩持つと、あの家で自分の立場が悪くなるってわかってるから、こっちについてくれないし、お父さんっていうかおじさんは、もともと他人だし、私とは関係ない人だからね。あの家からしたら、私が関係ない人間なんだろうけど」

いつになく荒れている。

「だからマジであの家出ること決めたから。中学出たら、あの家からは一銭ももらわずに、自分の稼いだ金でバーンとさ」

「えー、でもそこは出してもらってもいいんじゃないの？　まだその時は十五歳だし」

「これは私の気持ちの問題なの。えーっと、キョージってやつ？」

「キョージ？　ああ、矜持《きょうじ》ね」

「あ、それそれ。とにかく私はそう決めたのよ。で、その第一歩としていろいろ考えたんだけど、中学生だからやっぱり限界があるわけ。法の壁というかね。バイトもできないし。でもね、同じ年頃でも世の中には稼いでいる子もいるわけ。タレントとかさ」

「えっ、タレントになるの？」

「まさか、そりゃ家出るより難しいでしょ。じゃなくて、タレントの本来の意味は『才能。素質。技量』なんだよ。ずばり、私たちの才能は何？」

「えっ、才能？　私たちの？」

「そう、私たちに共通する才能。私たちふたりとも好きなもの」

「ん？　ふたりとも好きなもの？　お笑い番組？　何、漫才《まんざい》コンビ組むとか？」

「違うーっ。確かに好きだけども、それはそれでまたイバラの道。じゃなくて、イラストを描《か》くことでしょーがっ」

「ああ、でもそのイラストをどうするの？」

「売るに決まってるじゃん」

「はあ？」

当たり前のように言う佐知子に驚く。

確かにふたりとも、イラストを描くのが好きで、そこそこうまい。でもそれは、中学生にしては、というレベルだ。クラスや学年ではうまいほうだとしても、全国的に見たらこれくらい描ける人はそれこそごまんといるだろう。

「考えてみたらね、それが一番コスパがいいんだわ。手芸って手もあるけど、それだと結構材料費がかかるのね。やっぱり売りものにするなら材料もそれなりのもの使わないとね。そこへ行くとイラストは、基本、紙とペン、絵の具だけでいいでしょ。鉛筆だけだっていいし。技術でいくらでもカバーできる。小さな投資で大きく儲《もう》かる。こういうのなんて言うんだっけ？　ローリスク、ハイリターン？　ピカソなんかさ、ちょこちょこっとそこらへんの紙に三十秒くらいで描いた絵が一億だってよ」

と、いきなり最上位を引き合いに出してくる。

「そ、それはピカソだからであって、私たちみたいなただの中学生の絵を、買ってくれる人なんかいないよ」

「じゃあピカソになくて、私たちにあるものは何？」

「え、何だろ？　命かな？　もう死んでるから」

「んー、惜《お》しいっ。答えは若さだよ。十三歳、女子中学生という、今この時だけしかない一瞬の輝《かがや》きでしょ？　ピカソは女子中学生じゃないっ」

「そりゃそうだけどもっ」

話の飛び方に頭がくらくらしてくる。

「現役女子中学生による女子中学生の絵。今しかない、青い果実の芳香。これはこれである層からの需要《じゅよう》が確実にあると見たっ」

「いや、それはそれで別のリスクの匂いがするんだけども。第一売るって言ったってどこで？　ネットとかは、入金とか送金とか振込とかトラブルありそうで怖いよ。この前そういう結論になったじゃん」

「だからね、公園とかで売るの」

「いや、それもダメでしょ。路上とかと同じで許可が要るんじゃないの？」

「でも公園で絵を描いているならいいでしょ？　たとえば公園で写生していて、それを見た通りがかりの人がその絵をとても気に入り『是非《ぜひ》売ってください。いくらでも出します』と言ったら？　こちらから働きかけたわけじゃない。公園内で商売をしていたわけでもない。でも向こうからそう言われて承諾《しょうだく》したら交渉《こうしょう》成立だよね？」

「うーん、でも結果的に中学生がお金を稼ぐってことになるのはまずいんじゃないの？」

「これはね、労働に対する対価じゃないのよ。材料費代、服についた絵の具の洗濯代として受け取ったとすれば、ノープロブレム」

「そうかなあ？　そこらへんはちゃんと調べたほうがいいんじゃない？」

「いや、それはよしといたほうがいい。もし少しでも引っかかるとこがあると知ったら士気が下がる。ブレーキがかかる。これはこのまま勢いに乗って突っ走ったほうがいい」

結局佐知子もどこか後ろ暗いところがあると感じてるようだが、彼女の言うこともわかる気がした。

「さあ、乗りかかった船だよ。どうする？　乗る？　乗らない？」

「んー、乗るっ」

とは言ってみたものの、その船は泥船か木っ端《こっぱ》を集めて作った筏《いかだ》のようでどうにも心もとない。うまくいく気が全くしない。

しかし何もしないよりはいいだろう、と思うことにする。

今の自分のベストをつくせ。

今週の目標として、学校の廊下に張り出されていた紙を思い出す。

ベストとも思えないが、確かに今できることはこれしかない。早速、明日の土曜日、実行することにした。幸い、今まで描き溜めていたイラストもたくさんある。おもに可愛い女の子を描いている。それらと画材一式とレジャーシートなど必要なものを持って、区の中心にある大きな公園で落ち合うことにする。

翌日は朝からいい天気で、お母さんは仕事、タツヨさんも朝ご飯を食べると、どこかへ出かけてしまった。お母さんが用意しておいてくれた昼食のおにぎりと味噌汁を早めに摂《と》り、約束した公園に自転車で向かう。

佐知子はもう先に来ていて、木の下でレジャーシートを広げていた。私を見るとにっこり笑う。レジャーシートの上には自分の描いたイラストを並べていた。風で飛ばないように、雑貨小物で重しをしている。イラストは今人気のあるアニメの影響《えいきょう》を強く受けた画風で、セーラー服やブレザーの制服を着た可愛らしい女の子がポーズを取っている。いかにも狙《ねら》っている感じがして、気持ちがざわりとする。大丈夫だろうか。

そんな私の思いをよそに「成功してインタビューを受けた時には『私たちの原点は、明日山《あしたやま》公園だった。すべてはあの公園から始まった』と答えようね」と、佐知子はあくまで前向きだった。

作戦としては、自分たちの描いたイラストの横で絵を描く。絵は売っているわけではない。でも誰かが足を止め、絵を気に入り、どうしても譲《ゆず》って欲しいと言われたら、応じることはやぶさかではない、というスタンスを取る。値段はその時によりけり、臨機応変に。

こんなことで本当にうまくいくのか。計画が杜撰《ずさん》というか、無謀というか。

しかしふたりの利害は一致している。小銭でもいいから稼ぎたい。佐知子は家を出る資金に、私は少しでもタツヨさんに渡すお金の足しになればそれでいい。

そういえば以前、遊園地行きたさに、放課後、自販機のつり銭漁《あさ》りに精を出したことがあった。それに比べれば、これは進歩と言えるのか。思えば自分は小学生の頃からこうしてずっとお金に悩まされてきているのだ、という事実を改めて思う。この先もこうしてお金に踊らされそうな気がする。それも大した額ではないお金に。こんな年齢からお金のことばかり考えていたら、いつかそのお金に足をすくわれる気がしてならない。

いや、よそう、そんなふうに思っていると本当にそうなってしまう。

そう教えてくれたのも、木戸先生だった。

「別にいつ死んでもいいや、と日頃から思っていると、いざそういう生死を左右するような場面に出くわした時、気持ちがそっちに引っ張られて、助からない可能性が高まると言います。もちろん全部ではないですけどね。でもマイナスなことを考えていると、それを知らず知らずに引き寄せてしまう、そっちの選択をしてしまっているということがあります。だから普段から心の持ちようは大事なんです。

先生も一時期『いつ死んでもいいや』と思っていた時期がありましたが、この話を聞き考えを改めました。ですから今こうしてみなさんの前に立っているというわけです」

この話を聞いた真理恵は「別に、そのまま『いつ死んでもいいや』って思っててくれていいのにね。そしたら違う担任だったかもしれないのに。私は三組の中島《なかじま》先生がいいなあ」と言ったが、木戸先生はこの話を今受け持っているクラスでもしているのだろうか。

話の真偽はともかく（木戸先生の話はそういうものが多い）、そういうことはあるような気がする。

そうだ、今はいい方向に考えよう。私も家から持ってきたイラストを並べ、スケッチブックを広げる。

土曜日の午後だけあって人が多い。ほとんどが小さい子供のいる家族連れだった。園内を走り回ったり遊具で遊んだり、あちこちで子供の歓声がはじけていた。時折子供が興味深そうにやってきて、並べてある絵を見たり、スケッチブックを覗き込んで「じょーず」

とか「すごーい」と言って、親も「あら、ほんと、おねえちゃんたち上手だねえ」とか「ほら、おねえちゃんたち宿題してるんだから、邪魔しちゃダメよ」と言って去っていった。やはりそう見えるのか。美術か何かの宿題で、周りに並べたこの絵は単に乾かしているだけだと。私たちの本当の目的、大きな目論見《もくろみ》など、おそらくエスパーでもなければ見抜けまい。

冷静に考えてみればまあそうだろう。もう描き始めてから三時間近くが経とうとしている。何の動きもない。確実性で言ったら、自販機の釣り銭漁りのほうがまだいいような気がしてきた。

「ちょっと休憩《きゅうけい》する？　私お菓子とか持ってきたんだ。飲み物もあるよ」

佐知子がリュックを開けると、ペットボトルとスナック菓子が詰め込んであった。

「飲む、飲む。喉渇いてたんだ。ありがとう」

麦茶のペットボトルを開け、飲むと香ばしい香りが広がる。

「もうぬるくなってるでしょ？　買った時は冷えてたんだけど」

「わざわざ買ってきてくれたの？　悪い。いくら？」

「いや、いい、いい」

顔の前で佐知子が手を振る。お菓子まで買ってきて、稼ぐどころかマイナススタートだ。改めて何をやっているのだという気になる。佐知子がスナックの袋を開けようとしていると「へえ、上手だね」と、背後で声がした。

ふたり同時に振り向くと、男の人が立っていた。丸顔でメガネをかけ、頭はつるんとはげて両脇《りょうわき》に毛が残っている。漫画に出てくる博士っぽい髪型だ。色白で頬が上気したようにほんのりピンクがかっている。顔もつるりとしていて妙に色ツヤがいい。若いのか年寄りなのかよくわからない。タンクみたいなずんぐりした体型に黒のショルダーバッグを肩にかけて、ニコニコしている。

「これは売っているの？」

来たっ。想定はしていたものの、実際そうなると、ゾクゾクっと鳥肌《とりはだ》のようなものが走った。

「いや、売ってるってわけではないんですけど」

「そうなの。残念」

そんなあっさり諦《あきら》めないで、おじさん、と思ったが当然口には出せず。

「今描いてるのもいいね。ふたりともうまい。似顔絵とかはやらないの？」

「似顔絵ですか?」

「そう、上野《うえの》とかでよく見かけるでしょう。路上で」

「ああ、はい」

佐知子と顔を見合わせ頷く。

「僕、描いてくれないかな。もちろんお礼はするよ」

佐知子の目がキッと見開いた。やるよ、の目だ。

「似顔絵とか、初めてなんで、あんまうまくないかもだけど大丈夫ですか?」

佐知子が笑顔で言うと、「全然オッケー」とおじさんは両手で丸を作った。

レジャーシートの上に広げた絵を片付け、おじさんにもシートの上に座ってもらい、ふたりで描き始める。おじさんはずっとニコニコしている。

細い目、丸い鼻、丸顔。割と特徴があるから描きやすいかもしれない。でもそのままじゃなくて、気持ち、実物より少しだけよく描こうという気が働く。私のは写実っぽいが、佐知子のを見るとアニメ風に可愛く描いていた。打ち合わせたわけではないが、違うテイストの仕上がりになりそうで良かった。

十五分くらいで絵は完成した。

描いている間、おじさんは「ふたりはいくつなの？」「名前は？　どこの中学？」などと聞いてきたので、年齢は本当のことを言ったが、名前は「チサとタナミです。学校はこの近くの中学」と、佐知子が答えた。チサは佐知子の上の二文字を逆さにし、私のタナミは田中花実の最初と最後をくっつけたらしい。偽名というのも咄嗟《とっさ》だと、本名に近いものを言ってしまうようだ。でもタナミはないだろう。そこはナミでいいじゃないか、と思ったが、おじさんは「へえ、チサちゃんとタナミちゃんか。ふたりとも可愛い名前だね」と言うので、嘘ぉと思ったら、佐知子も隣で同じ顔をしていた。

描き上げた似顔絵をおじさんに見せると「おおっ、いいねえ。うまく描けているね」と満足そうだった。二枚ともそれほど似ているとは思えなかったが、服装と髪型、メガネなんかの小物を正確に描けば、それなりに見えた。

「じゃあ」と言って、おじさんがズボンの後ろポケットを探る。

「あれ？」

ズボンの前ポケットやポロシャツのポケット、黒い革のショルダーバッグの中も「あれ？　あれ？」と言いながら、次々と手を入れ「おっかしいなあ」と首をかしげる。

嫌な予感がする。佐知子も、曖昧《あいまい》な笑みを顔に貼りつけ目を瞬《まばた》かせている。

「どうしたんですか？」

「いや、お財布をね、置いてきちゃったらしいんだ」

「えっ」

佐知子とふたり同時に声を上げる。

「ああ、そうだ、車の中だ。ここに来る途中、コンビニで買い物をしてね、その時財布だけ持って行って、それで車に戻ってきて、助手席に置いてそのまま来ちゃったみたいなんだ。車はこの下の駐車場《ちゅうしゃじょう》に止めてあるんだよ。お財布取りに行ってくるから、ちょっと待っていてもらえるかな？」

「え、それはちょっと」

あ、やられた、と思った。財布を置いてきたなんて嘘だろう。最初からお金を払う気なんかなかったんだ。それとも出来上がった絵を見たら、お金を払うのが嫌になったんだろうか。佐知子も困惑した顔で握った拳《こぶし》を口に当てている。

「じゃあ、別にいいです。それ、返してもらえれば別に」

おじさんの手から、絵を取り返そうとすると、

「いや、ほんと、これはとても気に入ったから、いただくよ。お金もちゃんと払うから」

と言って、絵を放さない。

「もしあれなら、一緒に駐車場に来てくれないかな？　そしたらその場ですぐ払うし」

佐知子と顔を見合わせる。佐知子がかすかに頷く。

ふたりなら、とその目が語っている。

画材やイラスト、レジャーシートを片付け、おじさんについて駐車場へ向かう。公園に併設《へいせつ》された駐車場だ。

おじさんの車は一番奥に止めてあった。黒いワンボックスカーだった。フロントガラスと運転席以外は、濃いスモークシートが貼られていて中がよく見えない。

おじさんは助手席のドアを開け、上半身を中に入れてしばらくガサゴソしていたが、私たちのほうを振り返った。

「おっかしいなあ？　財布がないんだ。落としたのかも」

「えっ」

「いや、コンビニで買い物をした時は、確かにあったんだけどね、どうしたんだろう？　あれ？　困ったなあ」

やっぱり。オッサンは最初からそういう魂胆《こんたん》だったのだ。似顔絵はもうオッサンのショルダーバッグの中に入れられている。これは詐欺じゃないか。中学生だまして、タダで絵を手に入れようなんて、セコいオッサンだ。

「あー、もういいです、もお」

吐き出すように言うと、

「いや、本当にちゃんとお礼はするって」

まだ言うか、このオッサン。オッサンの額と鼻の下には汗の粒《つぶ》が浮かんで、目が充血《じゅうけつ》している。

「家に行けばあるよ、お金。うん、家にはたくさんあるんだ。嘘じゃないって。ね、だから家まで来てくれれば」

「はああ？　最初からお金なんか持ってなかったんじゃないのぉ？　嘘ついたんでしょ。下手な演技して、バッカみたい」

佐知子が呆れたような声で言う。

するとオッサンの眉間と鼻にぐしゃりとシワが寄り、唸る狂犬《きょうけん》みたいな顔になる。

「何だっ、その口のきき方は？　バカにすんじゃねえぞ！　金は家にあるって言ってんだろうがっ！」

突然の恫喝《どうかつ》に身が竦《すく》む。佐知子の顔も真っ青になっていた。

「だから金は家にあるから、取りに来いっていってるだろうがっ。ほらっ」

と言うやいなや、佐知子の手首を摑《つか》んで引っ張る。よろけた佐知子をそのまま無理やり車に引きずり込もうとする。佐知子の顔が恐怖に歪んでいる。

「やめろーっ」

佐知子の手首を摑んだオッサンの腕に嚙みつく。

「いたたたたっ。何すんだよっ、コノヤロー」

オッサンが佐知子の手を放す。すかさず佐知子を引き寄せ、

「助けてーっ、誰か助けてーっ」

あらん限りの声を張り上げ叫ぶ。喉なんか潰れてもいいくらいの勢いで、

「助けてーっ、助けてーっ」

と喚《わめ》いた。

「おいっ、何してるんだっ？」

鋭く野太い声に振り向くと、警官の制服の紺色が目に飛び込んでくる。

なだれ込むように佐知子とそっちに向かおうとするが、足がもつれて走れない。それよ

り早く駆けつけた警官の「待てっ」「もう大丈夫だ」という声を聞き、腰が抜けたように
その場にしゃがみ込む。

やっと落ち着いたのは、最寄りの警察署の一室に通され、冷たい麦茶をひと口飲んでか
らだった。

助かったのだ。大げさでもなんでもなく、本当に危ないところだった、と改めて思うと
恐ろしさが蘇る。

あのあと、ここまでどうやってきたのか、断片的にしか思い出せない。乗せられたパト
カーの中で佐知子はずっと青い顔で震えていた。

取り押さえられるオッサン。あとから応援《おうえん》に駆けつけた警官。サイレンの音。何事かと
集まってくる人々。スマホを向けている人もいて、思わず顔を隠す。

警察で事情を聞かれたので、正直に話す。値段を掲げてイラストを売っていなかったの
は、不幸中の幸いだった。許可なく公園内でそんなことをしていたら、そっちで罪を問わ
れていたところだった。

当然「似顔絵のお礼をする」といったくだりに触れないわけにはいかなかった。これは

まずいのじゃないかと思ったが、こちらがいくらと値段を提示したわけではない。向こうが「お礼を」と言ったのだ。お礼というのも、もしかしたら現金ではなく、何か品物で返そうとしたのかもしれない。現金よりも品物のほうが罪が軽い気がする。そうだ、この手でかわそうと頭をフル回転させ考えたが、意外にそこは触れられなかったのでほっとした。佐知子は泣きべそをかいてうまくしゃべれなかったので、おもに私が話した。警察官はいたわるような口調でやさしかった。

家の人に迎えに来てもらうので、と連絡先を聞かれた。泣き止《や》んだ佐知子の顔がまた色を失った。

「だ、大丈夫です。ひとりで帰れます」

語尾が震えていた。

「そういうわけにはいかないんだよ。未成年だしね。親御《おやご》さんにも経緯《けいい》を説明しないと」

佐知子が私の腕をギュッと摑んだ。佐知子はこのことを家の人に知られたくないのだ。私たちが悪いわけではないのに、それでも家族に知れたらますます家で気まずくなるのを心配しているのだろう。

だが結局、それぞれの親の連絡先を書かされた。お母さんはまだ仕事中だろう。迷惑《めいわく》をかけてしまう。どうしよう。そう思ったらそこで初めて涙が出てきた。

いつもどうして私はこうなんだろう。何かやると、どうにも情けない結末になる。

「大丈夫よ。お母さん、迎えに来てくださるって」

電話をかけてくれたらしい女性警官に背中を撫でられた。佐知子のところは、母親の携帯にかけてみたが、今は用事があってどうしてもそちらに行けない、と言われたという。

しばらくして、

「花っ！　花、どこっ、どこだーっ」

という聞き慣れた声が廊下のほうから聞こえた。

ノックもなくいきなり荒々しくドアが開くと、お母さんがどかどか入ってきた。

「花っ、どこも痛いとこないか？　ケガとかしてないか？」

と、私の体中のあちこちを確かめるように手で触り、最後に抱きしめた。

「無事で良かった」

汚れた作業着のままで、顔も汗と埃《ほこり》にまみれているから、きっと大急ぎで飛んできたのだろう。改めて申し訳なくて泣きたい気持ちになる。

「どこっ、犯人の男、どこっ？　んもぉ、死刑だっ、死刑。その前に一発殴《なぐ》らせろ！」

「まあまあ、落ち着いてお母さん。こうして無事だったわけですし、この件は区内で発生した『声かけ事案』としてこれから取り調べ、適切な処理を」

「は？　声かけ？　そんな生ぬるいもんじゃないだろ？　一歩間違えたら、おおごとになるとこだったんだから」

本当にそうだ。犯罪になるかならないかって紙一重なのだ。私たちは運が良かったのだ。

「痛い思いもしてよぉ、かわいそうに」

私の腕をさするが、実際痛い思いをしたのは向こうのほうだったろう。思いっきり噛みついてやったのだから。

結局、佐知子の母親はどうしても来られないというので、お母さんが佐知子も自宅まで送り届けることになった。佐知子も私も自転車を公園の駐輪場に置きっぱなしだったから、まずはそれを取りに行き、三人で帰路につく。佐知子の自宅を回ってから、家に帰ることにした。

「佐知子ちゃん、お母さんはお仕事とか？」

お母さんが後ろをついてくる佐知子に振り返って聞く。

「あ、いいえ、今日、家族でデパート行ってて」

「え、家族で？」

「はい、妹の買い物があって。夏物をいろいろと。祖父母と両親と妹とで」

「佐知子ちゃんは？　佐知子ちゃんは行かなくていいの？」

「わ、私は、買うもの、ないから。夏の服、持ってる、から」

佐知子が足元に視線を落とし唇を噛む。

「そっか」

夕方の涼しい風が吹く。

「あー、腹減ったなあ。佐知子ちゃん、夕飯はどうすんの？」

「あ、お弁当を買ってきてくれるって、デパ地下で。お母さんが帰りに」

「そっか。でもま、コロッケぐらいは食べても晩飯に響かないだろ？　そこの春日精肉店のコロッケ、うまいんだ。デパ地下には負けるかもしんないけど、ここらへんじゃ一番だ。花はメンチが好きなんだよな。メンチも抜群にうまいよ」

メンチ。肉。

なぜだかその時、オッサンの腕に噛みついた時の感覚が口中に生々しく蘇る。おえっ。

心なしかしょっぱかったような。半袖だったのが致命的《ちめいてき》だ。いや、だから相手には「効いた」のだろうが。

でもあのオッサンが変な病気持ってたらどうしよう？　私、死ぬかも。

急に不安に襲《おそ》われる。

「お、お母さん、どうしよう？」

「何が？」

理由を話すと、

「だーっ。そんなことで死んどったら、お母さんなんか、百万回死んどるワ！」

と返され、そこでようやく佐知子が笑った。

それでも気分的に嫌だったので、昼間佐知子にもらったペットボトルの麦茶で口をゆすぐ。

「えっと、メンチカツ三つお願いします。そこで食べるんでお手数ですけどそれぞれ小袋に入れてください。あとトンカツ三枚、これは持ち帰りで。あ、一枚はヒレカツにしてください」

今日の夕飯はトンカツらしい。一枚をヒレカツにしたのは、タツヨさんの分だろう。ヒレのほうがやわらかくて脂肪が少ない。

近くの広場に自転車を止め、三人でメンチカツを食べた。揚げたてで美味しかった。あふれ出す肉の旨味《うまみ》で、オッサンに嚙みついた時の穢れを洗い流そうと、口いっぱいに頰張る。佐知子も「美味しい、美味しい」と言って、唇を油でテカらせながら食べていた。

佐知子の家の前まで来ると、家は真っ暗だった。

「大丈夫？」

「うん、今日はありがとう。また学校で、ね」

佐知子はリュックから鍵を取り出し、開けて家に入る前に、私たちに向かって手を振った。家に明かりがつくのを見届けて、お母さんとまた歩き出す。

アパートが見えてきた。一階の私たちが住む部屋に明かりがついている。タツヨさんが帰ってきているらしい。

「家では話せないから、ちょっといい？」

お母さんがアパートの少し手前で足を止める。

「うん」

「大体のことは聞いたんだけど、似顔絵を描いてやって、その代金でもめたんだって？」

「代金でもめたっていうか。似顔絵描いてってあのオッサンに頼まれて、お礼するって言うし、それで出来上がったら財布車の中に忘れたから一緒に取りに来て、って言われて。で、行ったら今度は車の中にも財布がないとか言い出して。家にはあるから車に乗れって」

お母さんが短くため息をつく。

「世の中には、本当に悪いやつがいるから気をつけんと。でもなんで？　何か欲しいもの、あんの？　ちゃんと言ってくれれば、お金あげるのに」

首を振る。

「お金、私が使いたいんじゃなくて。タツヨさん、借金あるって言ってたから少しでも足しになれば、って。いつも送ってたのと同じ額渡せば、自分の家に帰ってくれるのかな、って」

「あの人に早く帰って欲しい？」

「別にそういうわけじゃ。でもあの人がいると、お母さん、つらそうだし。だけど本当は、できれば少しでもいいから、仲良くしてくれたらな、って思ってもいる」

お母さんがうつむく。

「ごめん。長い長い時間かけて、ここまでこじらせちゃったことだから、そう簡単にはいかないんだよ。あの人、歳を取ったからか、あれでも今は少し丸くなったけど、昔は激しい気性で気分の乱高下がひどくて、大変だったんだ。気に入らないことがあると暴力振るわれたし。全然容赦《ようしゃ》なかったよ。

一度夜、裸足《はだし》で放り出されて。小学二年の頃かな。別に理由なんかないよ。怒りのスイッチがどこにあるか、それがまたいつ入るのか全然わからなかったから、本当におっかない人だった。その時も虫の居所が悪かったのか、些細なことが気に障《さわ》ったみたいで。物を食べる時に立てるくちゃくちゃって音が気に食わないとか、そんなことだったと思う。とにかく急に怒り出して、庭に放り出されたんだよ。泣いて謝ったよ。謝る理由なんかなくても、ただただ許してもらおうと必死だった。思い当たらなくてもこれだけ怒らせるってことは、自分が悪いんだって思って必死に謝り続けた。ごめんなさい、ごめんなさい、許してください、思いつく限りの許しを乞う言葉を吐き出して。それがますます怒りを増幅させたみたいで、足元にすがりつく私を蹴《け》り飛ばしたんだよ。私は転げて塀に立てかけてあった脚立《きゃたつ》にぶつかって、それがあの人のほうへ倒れたんだよね。すんでのところであの人は身をかわして、肩をかすったくらいだったけど、そしたらあの人はますます目を吊《つ》り上げて『てめぇっ』って言って馬乗りになって殴ってきた。それこそ鬼の形相で。人間でもさ、心に鬼が宿ると本当に鬼の顔になるのな。もう人の顔じゃないんだよ。暗闇で見たその顔は、鬼そのものだったよ。殺される、と思ったよね。

なんとか逃げて必死で走ったよ。田舎の野良道をさ。街灯なんか全然ないけど満月に近い月だったから、まだ良かったんだ。村のはずれにあるお寺まで、一度も振り返らず走ったよ。ようやく墓地に着いてほっとしたね。あの人は日頃から墓地を気味悪がって、昼間でもわざわざ遠回りしてたくらいだったから、ここまでは来ないと思ったんだ。

墓地はちっとも怖くなかったよ。さっき暗闇で見た鬼に比べればね。それどころか月明かりに照らされた白や黒の墓石が綺麗でさ、ぼうっと見とれちゃったよ。その頃はまだ土葬だったから墓地に草が生えててさ、中でもあんまり墓参りに来てなさそうな家のお墓は草がびっしり生えてたから、そこに寝転んで仰向《あおむ》けになったら、満天の星で、田舎にいてもあんなにじっくり星を見たのは初めてだった。時々すっと流れ星があってね、星が流れるのは、誰かが死んだ時だって聞いたことがあったから、ああ、今誰か死んだんだな、って思って、もし私がこのままここで死んだら、自分の星が流れるのを見られるのかななんて考えながら、いつの間にか眠ってた。夏だったから助かったけど、冬だったら本当に死んでたかもな。

次の日の朝、お寺の人に見つかって家まで送ってもらったけど、あの人は昨夜のことなんてまるでなかったような顔で『あらまあ、どうもお世話様でした。この子ったら、朝早くに目が覚めちゃって、虫を取りに行く、なんて言い出して聞かないもんですから外に行かせたんですが、疲《つか》れて眠っちゃったんですかね。お手数かけて申し訳ないです。ありがとうございました』って、にこやかな顔で、なんの後ろ暗さもない声でそう言うんだよ。それ聞いたら自分でも何だか、そうだったかなって気になって、昨夜見た鬼の顔は夢だったのかな、って思ってほっとして家に入ったら、お寺の人の姿が見えなくなったのを見計らって、くるっと振り向いたその顔がまた鬼になってた。

その鬼が『このやろうっ、親に恥《はじ》かかせやがって』って言って、げんこつ喰《く》らわされて、目がチカチカして頭がくらくらした。痛いっていうより熱くて重いんだよ。ジンジンした痛みはあとからくる。最初に感じるのは熱さと重さなんだよ。焼けた漬物石、脳天めがけて落とされたみたいな衝撃さ。あれでだいぶ馬鹿になったよ。それで『お前、ホント、いらない。死ぬんなら人目につかないとこで死んでこいよ』って言われたんだ。頭の痛さよりこっちのほうがきつかったな。そんなことの繰り返し。

それでもずっと長い間、あの人に愛される幻想を捨てることができなかった。やっぱ馬鹿なんだろうな。いつかきっと、人並みに親に愛される子供になれるって思ってた。あたたかい情の通い合う親子になれるって信じてた。

でも何度も何度も裏切られて失望して、ようやく親子を諦められたのは大人になってからだよ。あの人は私が一番愛情を欲していた時期にそれをくれなかった。どんなに渇望《かつぼう》しても、泣いて乞うても、それを与えてくれなかった。それでも和解できそうな兆しはこれまでにも何度かあったのに、それを逸《いっ》してしまったんだよ、私たちは。もう今更どうにもならないんだ。

あの人からひとつだけ学ぶことがあったとすれば、私は自分の子供には、あの人がしたことは絶対にやらないし、あの人がしてくれなかったことを、してあげようと思った、そう誓《ちか》ったことだよ」

お母さんが私の手の上に自分の手を重ねる。

「さ、家に入ろう。お腹減ったただろ」

タツヨさんは部屋の真ん中で寝転んでテレビを見ていた。お互い、只今《ただいま》もお帰りも言わない。タツヨさんはちらりとお母さんのほうを見ただけで、またテレビの画面に顔を向ける。私もさっきの話を聞いたあとでは、声をかける気になれなかった。タツヨさんのこちらに向けられた丸めた背中は、ひどく小さく心細げに見えた。

お母さんは黙って夕食の支度をし、帰りに買ってきたトンカツを温めて卓の上に並べた。タツヨさんの前にヒレカツを置く。ヒレカツはロースと違って形が丸いから、自分のだけ違うとタツヨさんだって気がついたはずだ。でもお互い何も言わない。テレビのニュースを見ながら黙々と食べる。途中で子供の虐待のニュースがあり、どきりとするが、ふたりとも全く表情を変えず、箸を動かすスピードも変わらなかった。

本当にもう遅いんだろうか。仲直りするには。賢人の言葉が蘇る。

親を嫌いな子供もいるし、自分の子供をどうしても愛せない親もいるんだよ。

それでも、と思ってしまう。お母さんは苦しい生活の中からお金を送っていたし、今日だってタツヨさんのために、普通のトンカツよりちょっと高いけど、やわらかいヒレカツを買ってきたじゃないか。わずかでもそれはタツヨさんのことを思う心があるからだろう。タツヨさんだってもし本当に嫌なら、わざわざここに来ないんじゃないか。いくらお金を取りに来たという理由があったとしても。

そんなふうに考える私は、やっぱり甘いんだろうか？

夕食のあと、タツヨさんが一番風呂に入ってる間に、お母さんに、

「あの人も、昔のこと反省してるんじゃないかなあ、悪いことしたって」

と聞いてみた。

「まさか。そんな人じゃないよ。自分を省みるなんて一切しない人だから。だから生きていられるのさ。自分がどんなことをしてきたか、その罪深さに気づいたら、とてもじゃないけど私たちの前に現れるなんてできやしないよ」

「そうかなあ」

風呂に入っているタツヨさんののんきな鼻歌が聞こえる。お母さんがため息をついて、それでもタツヨさんの布団を敷いて、シーツのシワを伸ばしている。

翌日は日曜なので、お母さんも仕事が休みだった。いつもよりゆっくり朝ご飯を食べたあと、お母さんが引き出しから封筒《ふうとう》を取り出し、タツヨさんの前に置いた。

「遅くなりましたけど、これ。ちゃんと三ヶ月分入っています。お確かめください」

無表情で他人行儀《ぎょうぎ》に言うお母さん。口をへの字に曲げて、無言で封筒の中身を確かめるタツヨさん。おかしな芝居を見ているようだった。

「はい、確かに」

無機質な声で答える。

「じゃあ、いつでもどうぞ。忘れ物のないように。私はこれからちょっと外に用事があるんで出ますから」

「はい、どうも」

最後まで目を合わせずに言う。

え、どういうこと？　お母さんは宣言通りいつも使っているリュックを背負うと「買い物してくるから」と私に言い、部屋を出ていった。タツヨさんも自分の布袋に封筒をしまうと、軽々と腰を上げる。

「じゃ」

部屋を出ていこうとする。

「え、あ、ちょっと」

困惑している間に、タツヨさんはさっさと玄関で靴を履きドアを開け、出て行ってしまった。

これでいいの？　こんなんで？　行くにしてももう少し何か。

そう思うといてもたってもいられず、慌ててあとを追う。

アパートの前の道を少し行ったところにタツヨさんの後ろ姿があった。

「待って。待ってくださいっ」

タツヨさんが足を止め振り向く。

「何？」

「もう行っちゃうんですか？」

「ああ、用事済んだし」

「お家《うち》、帰るんですか？」

「うーん、帰るような家ないんだけど」

「えっ」

「あの子に言っといてくれる？　前の住所のとこにもういないから、って」

「じゃあこれからどうするんですか？」

「暑くなってくるから、涼しいとこにでも行くかな」

のんきな口調で言う。

「それからこれもあの子に伝えといて。もうお金はいいよ、って。借金ももう返し終わるから。だからもういいよ、って。じゃ、元気でな。勉強、頑張って」

「あ、待って。まだ、ちょっと聞きたいことがあるんです」

タツヨさんの手を摑む。お母さんと同じように荒れてゴツゴツした手だ。

「何？」

タツヨさんが首をかしげる。

「あ、あの、私と初めて会った時『やっぱりちっとも似てねぇな。当たり前か』って言いましたよね？　あれ、どういう意味ですか？」

「そんなこと言ったたっけ？」

「言いました」

「んー、そりゃあれだ、あたしの孫なら、こんないい子のはずねぇって思ったの。あたしの孫だったら、まずこんなとこにいねぇ。鑑別所《かんべつしょ》あたりにブチ込まれてるのが関の山。だから信じらんねぇ、って意味で言ったの」

「じゃあ、あれは」

そこまで言いかけて止まる。牢屋の布団がどんなだか、お母さんなら知っている、と言っていたことも聞きたかったが、心が『よせ、やめておけ』と叫んでいた。

「んー、まだあんの？」

「い、居場所はあるんですか？　どこかに」

咄嗟に『居場所』という言葉が出たのは、佐知子のことが頭をよぎったからだ。

居場所がないんだよ、と佐知子は言った。この人にはあるのだろうか、どこかに。

「居場所？　居場所か。そんなもんは、あたしには最初からなかったね。この世のどこにも。生まれた時からな」

「そんな」

「でもだからこそしぶとく居座ってやんだよ。どこへでも。神さんが、いくらあたしのことを邪魔者扱いしても『バカヤロー、あたしは生きてんぞ』って言ってさ」

「でも」

「心配すんなって。してねぇか。惜しい人ほど早く逝《い》く、って言うだろ。その論法で言ったら、あたしは長生きするで。三百歳ぐらいか？『憎まれっ子、世にはばかる』って言うけど、憎まれババア、世にはばかる、だ。いいか、あたしを許さなくていいよ。あたしは許しを乞う資格もない人間だよ。このまま、憎んだままでいい」

「でも、それで寂しくないですか？　これからもひとりで、寂しくないですか？」

「寂しい？」

タツヨさんはニカッと笑って、人差し指を空に向ける。

「太陽は、いつもひとりぼっちだ」

そう言って私の手を振りほどこうとする。

「あ、待って。まだ」

タツヨさんの手をまた引き寄せる。

「じゃあお母さんの名前は？　真千子《まちこ》っていう名前は、誰がつけたんですか？」

「名前？　ああ、あたしだよ。あの子が生まれた時本当に嬉しくて、あたしにとっちゃこの子は、真に価千金の子だって、そう思ったからつけたんだ。あたしには勿体《もったい》ないくらいの子だって。信じてもらえないかもしれないけど、これは本当だよ」

「だったら、だったらなんで」

「それはきっとあたしが、人として大事な何かが大きく欠けた人間だからだよ」

そう言ってタツヨさんはふっと笑ったけれど、一瞬泣きそうに見えた。私はタツヨさんの手を握る手に思わず力を込めた。

「ひとつ、頼みがあんだけど」

タツヨさんが私の目を覗き込んで言う。

「何ですか？」

「写真、くれないかな？　あんた、花ちゃんの写真。あたし、一枚も持ってねぇんだ」

「ああ、はい。写真、ですか」

「うん、どんなんでもいいからさ」

「写真、あったかな。最近はお母さんの携帯で撮るから、ちゃんと現像したやつあんまりなくて」

「あん時撮ってたのは？　小学校の卒業式で、校庭でたくさん撮ってただろ？」

「え、なんで知ってるんですか？　もしかして来てたんですか？　あの日、卒業式の日」

「離れたとこで、ただ見てただけだよ。大丈夫、誰にも気づかれてないから」

春の日が蘇る。薄青い空。やわらかな日差し。そうだ、式のあと、確かに校庭で写真を撮った。木戸先生や三上くんと。見に来てくれていたんだ、この人は。

「待ってて。すぐに取ってくるから。絶対ここで待ってて。すぐだから」

急いで部屋に戻り、机の引き出しを探る。あった。ガス会社が送ってきたカタログが入っていた大きめの封筒に「写真・花・卒業式」とマジックで書かれている。

中には、泣き顔の木戸先生と写っているもの、三上くんと一緒に三人で撮ったもの、真理恵たちと撮ったもの、お母さんとふたりのや、私ひとりのもあった。木戸先生と撮ったのは即却下《そくきゃっか》。私だけのと、お母さんと写ってるのと、三上くんのと、三枚を選び出し、封筒か何かに入れようかと思ったが、探している時間がないので、裸のままその三枚を手に飛び出す。

いない。

さっき話していた場所に、タツヨさんの姿はなかった。

どうして。どうして。

道の先、反対方向、建物の陰、公園、駐車場。走って探し回る。心臓が潰れそうに痛い。

「タツヨさーん、タツ、お、おばあちゃーん」

一気に涙が溢れ出す。

「おばあちゃーん、おばあちゃーん」

アスファルトの上に膝をつき、うなだれる。握り締めた手の中で写真がぐしゃりとなっていた。

「おばあちゃん」

涙が写真の上に落ちる。

「花ちゃん？」

顔を上げると賢人だった。

「どうしたの？」

賢人の顔を見たら、喉の奥が痙攣したみたいにヒクヒクして泣き崩れてしまった。

「おばあちゃんが、おばあちゃんが」

賢人が駆け寄り、抱き起こしてくれる。その薄い胸にしがみついて、また泣いた。


近くの公園に行き、賢人と並んでベンチに座る。賢人は私の話を聞きながら、写真のシワを手で伸ばしている。

「どうしてわざと嫌われるようなことを言ったり、したりするんだろう？」

「そういうふうにしか生きられない人間もいるんだよ」

賢人が伸ばした写真を差し出す。

「これもわざと置いていったのかもしれないよ。受け取ったらそこでもう終わっちゃうから、余地を残しておきたかったんじゃないかな。またいつか来る時のために」

「そうかな」

「そうだよ」

ふたり、黙り込み、沈黙が続いたが不思議と気まずさはなかった。

「ああ、今日は暑くなりそうだな」

賢人が天を仰ぐ。

「ぎらぎら刺すような日差しの真夏の太陽は嫌いだけど、冬の弱くてやわらかい日の光は好きだしありがたい。同じ太陽なのに。結局太陽がないと人は生きていられないんだよな」

賢人がまぶしそうに目を細めた。


家に戻ると、お母さんも帰っていた。鍵をかけていかなかったことを思い出し、どきっとする。大丈夫だったかな。

部屋中に香ばしい匂いが充満していた。お母さんがお餅を焼いて食べていた。粒あんをたっぷりかけている。

「いいこともあったんだよ」

「え？」

お母さんがポツリと言った言葉を聞き返す。

「嫌なことばっかりじゃなかった。いいこともあったんだよ。

私が小学一年の時、あの人が初めてお祭りに連れて行ってくれて、それだけでも嬉しかったのに、屋台で売っていたお餅を買ってくれたんだ。『あんこ、きなこ、海苔《のり》、どれがいい？』ってやさしく聞いてくれてさ。あんこを選んだんだ。あの人が私に何か買ってくれるのなんて初めてだったから、嬉しかったなあ。美味しかったなあ。その時『餅は神様の食べ物だからな、特別なんだ。力が出るぞ』って言ってね。『美味しいか？』って聞くから『うん』って言うと、自分の分まで私にくれて。本当に美味しかったなあ。いいことだってあったんだよ。

だから余計つらいんだ。苦しくなるんだ」

お母さんはずずっと鼻をすすると、丼に顔を突っ込むようにしてあんこ餅に食らいついた。

その夜、おばあちゃんが残していった花柄の布団の、私は敷き布団を、お母さんは掛け布団をそれぞれ使った。さすがに寝心地がいい。かすかにおばあちゃんの匂いが残っている気がした。

帰る家はないと言ったおばあちゃん。今頃どんなところで寝ているんだろう。草の上や砂利の上ではありませんように。

涼しいところに行く、と言っていたけど。焼けつくような酷暑の時には、おばあちゃんに一瞬でも涼しい風が吹くといいな。凍える冬には、かすかにでも暖かい日差しが届くといい。そんなことを考えながら、願いながら、眠りに落ちた。

月曜日。土曜日の公園でのあの一件は、注意して新聞やテレビのニュースを見てみたが、どこにも報じられていないようだった。世間的に見ればニュースにするほどでもないのだろう。

「おはよう。あのあと、どうだった？　家の人とか」

学校に着くと早速佐知子のところへ行き、小声で聞く。

「ああ、うん、警察からの電話を受けたのがお母さんだったから、ほかの人には話してないみたい。だからうちでは、なかったことになってる」

「え、それでいいの？」

「それでいいというか、そのほうがいいの。あのジジババに知れたら、また何言われるかわかんないもん。私たちの計画を知ったら、阻止《そし》されるかもしれないし」

「まだあの計画生きてんの？」

「当たり前じゃん。あのくらいのことで頓挫《とんざ》するような覚悟《かくご》で始めたんじゃないんだよ。

最初こそ躓《つまず》いたけどさ、困難な目標を達成するのに失敗はつきものだよ。いや、失敗なんかないんだよ。その方法じゃうまくいかないってことを発見したんだよ。てなことをエジソンが言っていた気がする」

「なるほど」

「だからまた違う方法を考えるよ。道はいくらだってある、はず」

「まあそんなに急《せ》いてことを運ばなくてもいいんじゃない？　まだ中学一年なんだから」

「いや、早め早めにしていてちょうどいいんだよ。たとえば百点取ろうと思ってると、大体八十点じゃん。八十点取ろうと思ってると、大体六十点じゃん。だから中学卒業と同時に家を出たいと計画してても結局高校卒業時になるんだよね、多分。だから今ぐらいから準備しててちょうどいいんだよ」

「なるほど」

ダメージをほとんど感じさせない佐知子にホッとする。

チャイムが鳴り、担任の先生が入って来た。地理担当の若い男性教師だ。

月曜朝のホームルームは、いつもより少し長い。週初めの連絡事項が先生から伝えられたあと、

「これは地元警察からの情報提供なのですが」

警察という言葉にどきりとする。まさか。

「先週土曜日、明日山公園内で公立中学一年の女子生徒ふたりに五十代の男が声かけをし、言葉巧《たく》みに駐車場まで誘い出して車に連れ込もうとした事件が発生したそうです」

教室の隅々から「ひゃあ」という引き気味の奇声が上がる。

私の席より三列、斜め前方の佐知子の背中がこわばったように見えた。まさかここで出されるとは。しかもちゃんと「事件」と認定されている。

「その男が女子中学生ふたり組にかけた誘い文句というのが『お金をあげるから、駐車場まで一緒に来て。お財布が車の中にあるから』というものだったそうです」

また一斉にざわめきが起こる。話が随分と端折《はしょ》られていることに驚く。佐知子のほうを見ると、背中を丸めてうつむいている。

「そんなこと言われて、のこのこついてくほうも悪くない？　自業自得だよ」

「今時、小学生だってついていかないよ。知らない人に声をかけられても、イカない、ノらない、オオゴエを出す、スぐ逃げる、シらせる。『イカノオスシ』って散々習ったのに」

後ろや横から聞こえてくる。

「女子中学生のひとりが男に腕を摑まれ、無理やり車に連れ込まれそうになりましたが、もうひとりの女子中学生が男の腕に嚙みつき、その叫び声を聞いた巡回中の警官が現場に駆けつけ、事なきを得たそうです」

先生の話に、また「キモッ！　そんなオッサンの腕に嚙みつくとかマジ勘弁。つーか、その女も凶暴《きょうぼう》すぎ。狂犬かっ」と平《たいら》くんが言い、どっとウケる。

「そのふたり組って、四中の子だと思う。すごい派手なのがいるんだって、女子で。四中のいとこに聞いたんだけど。いかにも遊んでる感じのふたりなんだって」

隣の席の福地《ふくち》さんが、眉根を寄せて神妙な顔つきで言う。

「そ、そうなんだ」

そんな派手な遊び人のふたり組が、土曜の午後に、幼児用の遊具しかない明日山公園に行くだろうか、という疑問は口にしないでおく。

この件は下手に触れないほうがいい自爆案件と判断。

佐知子が一瞬でもこちらを振り返るのではないか、と思ったが、佐知子の首は頑ななまでに動かなかった。

「いやあ、まいったよね、朝イチであの話が出るとは」

佐知子が伸びをして言う。

昼休み。給食のあと、佐知子と屋上に行く。最近は施錠《せじょう》され屋上に出られない学校も多いらしいが、うちの学校は開放されていた。但《ただ》し四方には、到底よじ登れそうもないくらいに高い金網のフェンスが張り巡らされている。

「全くだよ。でも学校側はその女子中学生のふたりが私たちだとは知らない感じだったよね。そういうのは、たとえその学校の生徒が関わっていたとしても伝えないものなのかな」

「さあ、ことの内容によるんじゃない。万引きとかだったら学校にも連絡されると思う」

「私たちは被害者じゃん」

「だよね。しっかしあんな公園にも、アブないエロオヤジがいるとは思わなかった。いるとしたらもっと繁華街《はんかがい》とかだと思ってたもん」

「人生、いたるところにエロオヤジあり。エロオヤジ、犯罪者、ところ構わず。ゆめゆめ油断めされるな、と」

「うまいっ、花師匠《ししょう》」

佐知子が手を叩く。

「いや、それほどでもないよ。でも今朝の先生の話、細かいやり取り省略されているから、随分違ってるよね。まるで私たちが金に釣られてエロオヤジにホイホイついてったみたいなことになってて驚いた。本当は違うのに。でもそういうのって結構あるのかもね。報道される事件やニュースも、ちょっと切り取り方を変えたら、感じ方が全然違うとかいうの。私たちが日々受け取る情報も、操作して意図的に創《つく》り変えることもできるから、自分の目で見極めるのが大事だって、小学校の時の先生が言ってたの思い出した」

「いいこと言うね、その先生」

「うん、まあ」

屋上から、卒業した小学校の白い建物が見える。金網の四角から目を凝《こ》らす。クビになっていなければ、木戸先生はまだあそこの教壇《きょうだん》に立っているはずだ。今も、生まれ変わりやパラレルワールドの話を子供たちにしているのだろうか？

お母さんは今日、昭和町《しょうわまち》の現場だって言ってたな。あの川の向こうだ。

そこからまた少し視線を戻すと、私の住むアパートがある。ここからじゃ見えないけど。

賢人はもう起きたかな。たまに夕方まで寝ていることがあるから。もうとっくにお天道様《てんとうさま》は高い位置にあるっていうのに。

そうだ、どこにいても太陽はひとつだ。

たとえ遠く離れた場所にいても、同じ太陽だ。おばあちゃんは、どこに沈《しず》む夕日を見るのだろう。山の向こう、地の果て、川の水面、ビルの谷間、それとも海。

「ああ、いいお天気。夏が来るね。私はね、夏生まれなんだよ。お父さん、覚えてるかな。覚えていてくれるかなあ」

佐知子がおでこに手を当て、庇《ひさし》を作った。その下の目が激しく瞬く。

「佐知子」

「ん？」

「太陽は、いつもひとりぼっちだよ」

佐知子はちょっと首をかしげたが、庇にした手を天に向かって突くように上げ、親指を立てると、にっこり笑った。

神様ヘルプ

召命《しょうめい》。それは神の恵《めぐ》みによって、神に呼び出されること。

そう、まさに僕《ぼく》はそうしてここに来たのだ、と今ならわかる。聖職者になるようにとの神の声によってこの地に呼ばれたのだった。

浜田先輩《はまだせんぱい》は言った。

「神父《しんぷ》は職業ではありません。生き方なのです」

神の存在を感じながら、神と共に歩む人生。それが神父という生き方。思えばこの学校に来ることになったのも、神のお導きだったのだ。

そして今、すべてを受け入れた僕がいる。物事も人もこの世界のすべてを。自然と感謝の気持ちが湧《わ》いてくる。視界が一気に開けた。いろんなことがわかるようになった。世の中が見えてきた。

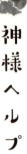

主よ。気がつけば世界はこんなにも美しい。

神の愛によって僕は変わりました。自分を大切にするように、他人も大切にしなさい。なぜならあなたも他者も、かけがえのない存在なのだから。

主よ。あなたのおかげで僕は自分の足でしっかりとこの大地に立つことができます。あなたと共に生きる道を僕は選びました。それは決して平坦《へいたん》な道のりではないでしょう。しかしそこには、この道に進んだからこそ感じる喜びがあると思います。

すべては主の御心《みこころ》のままに。

十二歳《さい》の春、僕はすべてを神に捧《ささ》げる人生を送ると決めた。神父になるのだ。早い決断だと人は言うだろうか。けれど同室の浜田先輩はもっと小さい頃《ころ》に既《すで》に聖職者になろうと心に誓《ちか》ったのだという。

浜田先輩は寮《りょう》で同室の、中等部三年生。学校の寮は四人部屋で、中学三年生がひとり、中学二年生がひとり、中学一年生がふたりという構成になっていた。

中二の村上《むらかみ》先輩はアニメオタクのゲーム好きで、この学校に入るまでゲーム漬《づ》けの昼夜逆転生活で、ほとんどゲーム中毒のような状態だったらしい。見かねた親に半ば強制的に、山梨《やまなし》にあるこの全寮制のカトリックスクールに入れられたそうだ。この学校ではゲームやパソコンは基本的に使用禁止で（パソコンは勉強に活用する時だけ使用が許可される）、スマホは決められた時間内に通話のみの使用は認められているが（それもあらかじめ届けを出した連絡先に限る）、それ以外は寮長先生に預けなければいけない。そんな生活に最近はようやく慣れてきたが、最初の頃はゲームができないことが本当につらく、一時は死も考えたと村上先輩は言っていた。

「でも死んだらゲームができなくなっちゃうからね。僕はファンタスティックファンタジーをクリアしないことには、どうしても死ぬわけにはいかないんだ」

それが村上先輩の生きるモチベーションになっているのなら、それはそれでいいのではないかと思う。だから村上先輩は、土曜日の授業が終わるとすぐに静岡《しずおか》の実家に帰り、戻ってくるのは月曜日の朝で、一時間目の始まる直前だった。ゲーム三昧《ざんまい》の週末を送り、家を出るぎりぎりまでプレイしているのだという。一週間を乗り切る活力をここで仕入れてくるのだ、と。両親も一週間ゲームと無縁の生活を送ったご褒美《ほうび》として、大目に見ているらしい。毎日時間を決めてゲームをやるのと、平日は一切《いっさい》ゲームをしない代わりに週末どっぷりゲーム漬けになるのとでは、前者のほうがまだいいような気がするが、時間を決めてやる、というのが難しいようだ。手近にゲームがあるとやりっぱなしになってしまい歯止めが利かない。それなら強制的にでもゲームのできない環境《かんきょう》に放《ほう》り込《こ》み、ゲームから離《はな》れる日を作る、その代わり週末は解放する、という手段を村上先輩の両親は取ったのだろう。事実、週末実家に帰省する直前は完全に死んだ目の村上先輩が、ゲームパワーを注入した月曜日の朝には、生き生きと精気あふれる顔で戻《もど》ってくる。そしてまた週末までに、徐々《じょじょ》に磨《す》り減っていくのだった。

同じ一年の久保《くぼ》くんは実家が県内にあり、平日でも時間があると外出許可を取ってすぐに家に行き、週末は当然毎週帰っていた。そんなに家が恋《こい》しいのなら、なぜこの全寮制の学校に来たのだろうと思ったが、人には様々な事情があるから、自分から言い出さない限りは、こちらから訊《たず》ねることはしない。そんなふうに他者を慮《おもんぱか》れるようになったのも、やはりこの学校のおかげだろう。だから今は感謝している。この学校を紹介《しょうかい》してくれたお母さんに。送り出してくれた家族に。ここに導いてくださった神に。

同室の四人のうち、ふたりが週末にほとんどいなかったので、残された僕は浜田先輩と過ごす時間が必然的に長くなった。日曜日には先輩に誘《さそ》われてミサに参加した。正直最初は気が進まなかった。学校の敷地内《しきちない》にある礼拝堂《れいはいどう》で行われるミサは自由参加だったから、せっかくの休日に朝からわざわざ来る生徒は少なかった。しかしこの先、少なくともこの一年間は、週末を浜田先輩と過ごす機会が多くなると予想されたので、従うことにした。断って関係を気まずいものにしたくなかったのだ。そんな気持ちで参加した最初のミサで僕は衝撃《しょうげき》を受けた。神父様の話されることのすべてが、一語一語が、まるで僕のために用意された言葉のように、心の深いところに染み入った。

神はひとりひとりを愛してくださっています。

気がつくと僕は涙《なみだ》を流し、自然と祈《いの》りを捧げていた。祈りとは誰《だれ》かに強要されてすることではなく、神の存在を感じ、心が動けば、自《おの》ずとそうなるのだった。一条の光が僕の身に降り注いだ。その瞬間、僕の中で何かが開いた。

そして知った。僕がここにいる意味を。僕は神に召命され、ここにいるのだと。その時、声を聞いた。神の声を。この道を進むのだと。今、己《おのれ》の目の前に開かれたこの道を進むのだと。

浜田先輩の家は両親が敬虔《けいけん》なクリスチャンで、浜田先輩自身も幼児洗礼を受けていた。この学校にも、家族の勧《すす》めもあったが、自分の意思で来たという。既に神父になることを決めて入学した、と聞いた時には驚いたが、浜田先輩のことを知れば知るほど、先輩ほど聖職者になるにふさわしい人はいないと思えた。

面長《おもなが》のやさしい顔立ちに銀色のフレームのメガネが似合っていた。そのレンズの奥《おく》には思慮《しりょ》深く澄《す》んだ瞳《ひとみ》。物静かな口調、冷静な振《ふ》る舞《ま》い。奥ゆかしい微笑《ほほえ》み。

この学校では神学の道を志すものは、高校二年まではほかの生徒と同じように寮生活だが、三年になると敷地内の修道院に入り、そこでより深く聖書を学び、祈りを捧げ、神への奉仕が中心の生活を送り、学校へもそこから通う。浜田先輩もその過程を辿《たど》り、高校卒業後は神学校に進んでさらなる研鑽《けんさん》を積み、神父になるのだという。

「神父は職業ではありません。生き方なのです」

浜田先輩のこの言葉はまっすぐに僕の中心を貫《つらぬ》いた。

「僕も先輩のあとに続きます」

浜田先輩の瞳が僕の瞳を捉《とら》える。

「そう性急に答えを出す必要はありません。まだ一年生ですから、時間はたっぷりあります。じっくり時間をかけてよく考えてください」

この人にになら話せる。聞いてもらいたい。衝動に近い思いにかられて、僕は家族のことを話した。どうしてこの学校に来るようになったのかについても。

「三上《みかみ》くんは既にご両親のことを赦《ゆる》しています。受け入れているのです。自分がされたこともすべて。そしてその家族のために祈れるあなたはとても立派だと思います。尊敬に値します」

浜田先輩が静かな声で言った。湖面にできた水紋《すいもん》が音もなく広がり、やがて静まるように、僕の心もなだらかに満たされていく。悲しみとは違《ちが》う涙が頬を伝わった。その時確かに神の存在を身近に感じたのだった。

神と共に生きる。

これが自分に与えられた使命なのだと悟った。自分はここへ来るべくして来たのだとわかった。

心に神が宿ってからは、家を離れた寂しさを感じることがなくなった。規則正しい寮生活も苦ではなかった。それどころか、朝起きてから、祈りに始まり、祈りで終わる生活は、己のなすべきことをなしている、という充足感《じゅうそくかん》で満たされ、実に気持ちの良いものだった。スマホもゲームもパソコンもない生活でも、不満は全くなかった。学校の授業も、どの教科の先生も穏《おだ》やかで、やさしく丁寧《ていねい》に教えてくださる方々ばかりだったから、僕は初めて勉強というものを楽しいと感じた。部活は、浜田先輩が所属している聖書研究会に入り、聖書について学んだ。祈りで心を整え、一日を終える。本当にこの学校に来て良かった。

この学校に入れてくれたお母さんには、深く感謝している。

僕は、神の御手《みて》に使われる者となるために生まれたのだ。

ここに来た当初は、家族や小学校の友達のことをしょっちゅう思い出しては、泣きたいような気持ちになっていたが、やがてそれらを随分《ずいぶん》遠くに感じるようになった。寮には公衆電話が三台あり、決められた時間内なら自由に使えたが、僕から家にかけることはなかった。それでも全く平気だった。中には毎晩家に電話をかけている寮生もいたが、僕はその必要性を感じなかった。それより自由時間は毎日自習室で浜田先輩と聖書についての勉強をすることで忙《いそが》しかった。知れば知るほど、学ばなければならないことは山ほどあると実感した。

いつかは聖書を原書で読みたい。そのためにはヘブライ語の習得も必須《ひっす》なのだ。

ある日、実家から寮に電話があった。寮内の放送で呼び出された僕は、事務所の受話器を取った。

「もしもし？　信《しん》ちゃん？」

久しぶりに聞くお母さんの声だった。

「はい、信也《しんや》です」

「久しぶり。どうしてるかなあ、と思って」

「はい、僕は元気です」

「そ、そう、良かった。学校は？　学校はどう？」

「はい、楽しくやっています」

「そう、それなら良かった。お勉強のほうはどう？」

「はい、頑張《がんば》っています」

「そう、良かった。何か要るものはない？　欲しいものとかでも」

「特にありません」

沈黙《ちんもく》が続いた。僕のほうからは、別に話すこともなかった。

「五月の連休も帰ってこなかったし」

「こっちでやることがあって忙しかったんです」

実際そうだった。五月の連休、ほとんどの寮生は帰省した。浜田先輩の実家は長野《ながの》で、隣県だったが帰らなかった。連休中は、日頃なかなかできない教会の手伝いをするのだと言った。山梨市内にある教会関連の児童養護施設《ようごしせつ》を訪ね、子供たちの勉強を見てあげたり、一緒《いっしょ》に遊んだりするという。僕も是非《ぜひ》同行させてくれるよう頼《たの》んだ。当日は神父様ふたりと、浜田先輩と僕とで施設に向かった。教会の信者の方が車を出してくださった。学校の敷地内から出るのは入学以来初めてだった。

施設には保育園児から中学三年生まで、八十人ほどの子供がいた。みんな様々な事情で親と暮らせない子たちだと聞いた。僕は小学生の子の宿題を見てあげたり、絵本の読み聞かせをしたり、トランプをした。一緒に食事もした。時間はあっという間に過ぎた。

「子供たち、とても喜んでいましたよ。特に絵本の読み聞かせが良かったですね。三上くんは読み聞かせが上手ですね。また是非ともお願いしたいと、施設長も言っていました。子供たちも楽しみにしていますよ」

帰りの車の中で神父様にそう言われた時、じわじわと喜びが体中に広がった。僕が何かの役に立っているなんて初めてのことじゃないだろうか。誰かのために働くこと、それがこんなにも嬉《うれ》しいなんて。

「神父になるには、多くの人の苦悩を受け止め、他者を思いやれる慈《いつく》しみの心が必要です。そのためには様々な背景を持った人と触《ふ》れ合う機会を多く持つことです」

浜田先輩の言葉に深く頷《うなず》く。僕の進むべき道は今まっすぐ目の前に開かれている。神父になろう。いや、なるのだ、絶対に。

また決意を新たにしたのだった。だから実家に帰っている暇《ひま》などなかったのだ。教会の仕事は多岐《たき》にわたる。学ばなければならないことも。

「でも夏休みは帰ってくるんでしょう？」

「夏休み、ですか」

夏休み期間中、寮は閉鎖《へいさ》されるので、生徒は全員実家に帰省することになっている。だが、希望者には、特別に修道院での生活が許されていた。日に七回の祈りを捧げ、聖書について学び、主のために労働をする。世俗《せぞく》を離れ、すべてを神に捧げる生活。素晴らしい。浜田先輩は、ひと夏をここで過ごすという。もちろん僕もそのつもりだ。

「夏休みは、修道院で生活するので帰れません」

「えっ、修道院？　ど、どうして？」

「僕には、そこで学ぶべきことがたくさんあるからです」

お母さんは電話の向こうで絶句しているようだ。

「それは、仕返しのつもりなの？　無理やりそこの学校へやったお母さんへの当てつけのつもりで、そういうことを言ってるの？」

「まさか、そんなんじゃないです。全然違います」

そんな風にしか考えられないお母さんに哀《あわ》れみを感じた。

「それにそのわざとらしい敬語も気持ち悪いわ。これもお母さんに対する嫌《いや》がらせなの？」

「そんな」

浜田先輩も神父様もみな、丁寧な言葉遣《ことばづか》いなので、自然と僕もそうなっただけなのに。話せば話すほど、お母さんとの距離《きょり》がどんどん遠くなっていく。

「はい、もういいです。わかりました。好きにしなさい。そうやっていつまでもすねていればいい」

一方的に電話が切れた。受話器を手に立ち尽くす。わかり合えない悲しみで胸がいっぱいになる。

いや、これも神から与えられた試練のひとつなのだ。苦しみ悲しみを乗り越《のこ》えることで、信者の苦悩を受け止める度量と、寄り添《そ》える深い思いやりを育《はぐく》むのだ。すべてを糧《かて》にして進むのだ、この道を。ひたすら、一心に。いつか「神父様」と呼ばれる日のために。

一学期も終わり、夏休みに入った。僕は予定通り、浜田先輩と修道院での生活を始めた。朝四時半起床《きしょう》、夜は八時半の就寝《しゅうしん》、祈りに始まり祈りで終わる生活。神の存在を身近に感じ、本来自分がなすべきことを今まさにしているのだという充実感が心身を満たす。僕の信仰《しんこう》の道は、始まったばかりだ。

修道院での生活も二週間ほど過ぎた頃、朝のミサが終わったあと、神父様が慌《あわ》てた様子で僕のところに来た。

「三上くん、つい先ほどご実家から急ぎの電話がありました。お父様が急病だそうです。すぐにお家《うち》にお帰りなさい」

「えっ」

心臓がどくどく音をたてる。震《ふる》える指で寮の電話から自宅にかけるがつながらない。お兄ちゃんの携帯《けいたい》にかけると、何回かの呼び出し音の後、ようやくお兄ちゃんの声がした。

「お父さんが今朝急に具合が悪くなって倒《たお》れたんだ。予断を許さない状況《じょうきょう》だから、とにかく信也もできるだけ早く家に帰ってきて欲《ほ》しい」

もともとお父さんは血圧が高く不整脈があった。食事には気をつけ、適度な運動を心がけてはいたけれど、急に血圧でも上がったのだろうか。父方の祖父も心筋梗塞《しんきんこうそく》で急死している。倒れたその日に、亡くなった。恐《おそ》ろしさで体の芯《しん》から震えが来た。不安で身が縮こまり、押し潰《つぶ》されそうだ。とりあえず必要なものだけカバンに詰《つ》め込《こ》むと、心配した神父様が駅まで付き添ってくださり、切符の手配までしてくれた。電車に乗っている間中もずっと神に祈り続けた。

主よ、お救いください。

なんとか家に辿り着く。数ヶ月ぶりの我が家だが、懐かしいと感じている間もなく、呼《よ》び鈴《りん》を続けざまに押す。そこで気がついた。みんな家にいるんだろうか。

病院へ直行したほうが良かったんじゃないか。そういえば病院名を聞いていない。やっぱり気が動転していたんだろうか。

「ああ、信ちゃん？　開いてるわよ、入って」

インターフォンからお母さんの声が聞こえ戸惑《とまど》う。家にいたんだ。お父さんは大丈夫《だいじょうぶ》なんだろうか。お母さんの声が明るいのにも引っ掛《か》かりを覚える。

ドアを開けると、そこには既にお母さんとお兄ちゃん、お姉ちゃんが立っていた。

「お帰りーっ、信ちゃん」

「お帰り、信也」

「待ってたのよ、信ちゃん。背が随分伸びたんじゃない？　ねえ、お母さん」

「まあ本当に。なんだか大人びて。でも元気そうで良かった、ねえ、お兄ちゃん」

「うん、うん。本当に良かった、信也が帰ってきてくれて」

「た、ただいま。あの、お父さんは？」

「え、あ、お父さんね、そう、お父さん、今朝具合悪くなって倒れたんで奥で寝てるのよ」

お母さんが、今思い出したかのように言う。

「え、家にいるの？　病院、行かなくていいの？」

「えーっと、病院、行こうと思ったんだけど、今日は担当の先生が出てない日で。ほら、駅前の北町《きたまち》病院、あそこ日替《ひが》わりだから、先生が。で、どうしようかって言っているうちに容態《ようだい》が落ち着いてきて、じゃあもう少し様子を見ようかってことで、今うちで寝《ね》てるんだけど」

「大丈夫なの？　それで」

「あー、大丈夫、平気、多分」

奥の和室に行くと、お父さんが布団を敷いて横になっている。

「ああ、信也、お帰り。帰ってきてくれて嬉しいよ」

顔色がいい。とても病人に見えない。僕の後ろに突《つ》っ立っている三人を見ると、深刻そうな表情を作ろうとしているが、それが見事にわざとらしかった。

特にお兄ちゃん、偏差値は高くても演技力はゼロのようだ。泣き笑いのようなおかしな顔になっている。

なるほど、そういうことか。これはドラマなんかでよくある「親の急病を装って、家に寄りつかない子供を呼び寄せる」作戦じゃないか。

「お父さん、思ったよりずっと元気そうで良かった。大したことなさそうでほっとしたよ」

「そうなのよ、ほんとに、ねえ」

「全くだよ」

「ねえ、あはは」

三人が頷き合って曖昧《あいまい》に笑う。

「知らせを受けてから、ずっと神にお祈りしていたからね。家に着くまでずっと。心臓が潰れそうなくらい心配だったから」

お父さんの目が泳ぎ、三人が下を向いた。

「ああ、もうこんな時間。お夕飯にしましょう。信ちゃん、お腹《なか》すいたでしょう？　信ちゃんの好きなもの、いろいろ用意してあるのよ」

もし本当に深刻な状況だったら、そんな時に、悠長《ゆうちょう》に僕の好物を用意しているどころじゃないだろう。そこからしておかしいのに、それにすら気がつかないなんて、ひと芝居うつにしても手落ちが過ぎる。

僕は家に帰るまで生きた心地がしなかったのに。神父様や浜田先輩にも心配をかけた。いくら帰ってきて欲しいとはいえ、親の病気を騙《かた》るのは、いくらなんでもひどいんじゃないか。

でも裏を返せば、それほどまでに僕に帰ってきて欲しかった、とも言える。僕はこの家を半ば強引に出された春の朝を思い出し、複雑な思いがこみ上げた。

お母さんが食卓の準備を整える間に、修道院に電話をかけ、神父様と浜田先輩に、父のことは心配ないと伝えた。実情を言うのはさすがにはばかられたが、一応嘘《うそ》はついていない。神父様も浜田先輩も心から安堵《あんど》し、喜んでくれているのが電話越《ご》しに伝わり、一瞬《いっしゅん》後ろ暗い気が差すが、いや、きっと主は許してくださるだろう。

食卓《しょくたく》にはお母さんの言葉通り、僕の好物ばかりが並べられた。

重病なはずのお父さんもしっかり席についていた。

僕は手を合わせ食前のお祈りを捧げる。

「父よ」

「ん？　なんだ急に？」

「いや、これ食前のお祈りだから。お父さんに言ったんじゃないから」

「あ、そうか。そうだよな、うん」

「父よ、あなたの慈しみに感謝して、この食事をいただきます。ここに用意されたものを祝福《しゅくふく》し、私たちの心と体を支える糧としてください。私たちの主、イエス・キリストによって。アーメン」

家族の視線を一身に浴《あ》びながら十字を切り、お祈りを済ませ、箸《はし》を手に取る。みんなが固唾《かたず》を飲んで僕を見ている。

「美味《おい》しい」

カニクリームコロッケを頬張りながら言うと、ほう、という安堵するようなため息が四人から漏《も》れた。

「そう、良かった。信ちゃんが帰ってくるっていうんで、張り切って久しぶりに作ったのよ、カニクリーム。美味しいって言ってくれて嬉しい」

お母さんの目が潤《うる》んでいる。

「良かったら、お姉ちゃんの分も食べる？」

「いや、お兄ちゃんのを」

「いや、お父さんのを」

三人が自分の皿を差し出す。

「大丈夫。これだけで十分。ほかにもおかずがあるし」

家族に見守られながら、並べられた料理に次々手を伸ばす。その食べっぷりに比例して、家族の笑顔が広がる。

「育ち盛りだから」

「今が一番食べる時期よね」

「これだけ食べられれば安心だ」

「やっぱり家のご飯は美味しいだろう、信也？」

お父さんが、こっちを見ながら言う。

「寮の食事も美味しいよ。思っていたよりずっと」

みんなの動きと表情が一瞬固まる。

「そ、そうなんだ。それは、良かった」

「お父さんも食べてみたいな」

「あ、私も。デザートとかあるのかしら？」

「栄養士さんがきちんと考えてくれた献立だから、体にもいいのよね」

口々に言い合って、お愛想《あいそ》笑いを浮かべる。何だろう、このへんてこな寸劇のような空気は。

「お父さんは、もう大丈夫なの？」

一瞬お父さんが「ん？」という顔をしたが、慌てて眉根《まゆね》を寄せて、胃のあたりを手で押さえる。

「うん、なんとか大丈夫そうだよ。何だったのかな、今朝の具合の悪さは。もう年齢的にも、無理が利かなくなってきてるからな。疲《つか》れが溜《た》まったのかな」

「良かった。じゃあ僕、山梨に戻っていいかな？」

「えっ」

全員がまた固まる。

「何で。せっかく帰ってきたのに」

「そうだよ。まだまだ夏休みじゃないか。そんなに急がなくても」

「そうよ。夏休みが終わるまで家にいたらいいじゃない」

「急いで戻らなきゃならないわけでもあるの？」

家族全員が困惑した目を向けている。

「修道院でやることがたくさんあるからだよ。学ぶべきことも」

「どうしてそんなことに一生懸命《いっしょうけんめい》になるのよっ。そんなこととして何になるのよっ」

食いつくようにしてお母さんが訊《き》く。

「神父になるためだよ」

「えええっ、神父に？」

これが一番驚いたらしい。

「もう決めたんだ。召命を受けて僕はあの地へ導かれたんだよ。主に。信仰の道へ進むことは僕の宿命なんだ」

愕然《がくぜん》とする、というのは、まさにこういう表情のことを言うんだろうな、という顔に四人が同時になる。食卓がしんと静まり返る。

「そ、そうか、それも、いいかもな。今、自分が何になりたいのか、何をしたいのかわからない若者が多いと言われている中で、早くから自分の目標を見つけて、それに向かって頑張る信也は偉《えら》いと思う。お父さん、誇《ほこ》りに思うよ、うん」

ひきつった笑顔でそうお父さんが口火を切ると、

「そうね。私なんか来年高校生だけど、まだ将来《しょうらい》のこととか全然見えてないもん。自分のやりたいことが見つかった信ちゃんが羨《うらや》ましいわ」

明るい声でお姉ちゃんが続く。

「そうだな。国際化時代において、キリスト教圏《けん》の人々との相互《そうご》理解のためにも、聖書を学ぶことは重要だよ。お兄ちゃんも信也に教えてもらおうかな」

「だったら信ちゃん、条智《じょうち》大学の神学部に進んだらいいじゃないの。条智大なんて、なかなか入れないもの」

「それ、いいんじゃないか。条智なら家から遠くないし、なあお兄ちゃん、お姉ちゃん」

「環境もいいし、留学生が多いから国際交流もできるし、確かにいいね」

「そうね、信ちゃんにきっと合うと思うわ、あの大学なら」

「あそこは英語を重視するんでしょう？　だったら信ちゃん、この夏休みは英語に力入れましょうよ。ネイティブの家庭教師をお願いしてもいいし、英語専門塾の夏期講習を受けたらどうかしら？　今からでも探せばきっと見つかると思うわ」

活路を見出《みいだ》したかのごとく、頷き合う四人。変わってないな、みんな。軽くため息をついて首を振る。そういうことじゃないんだよ。再び、手を合わせる。

「父よ、感謝のうちにこの食事を終わります。あなたの慈しみを忘れず、すべての人の幸せを祈りながら、私たちの主、イエス・キリストによって。アーメン」

卓が再び静まり返る。

「ごちそうさまでした。全部がとても美味しかった。ありがとう、お母さん。せっかくなのでもう二、三日はこっちにいるつもりだけど、できるだけ早く戻りたいんだ。僕がいるべきところ、信仰を深めるあの場所に」

ただただ目を見開いて僕を見ている四人にそう告げ、席を立った。

翌日は、さすがに疲れが出たのか、いつもよりずっと寝坊《ねぼう》してしまった。それでも朝のお祈りは欠かせない。二階の自室から階下へ降りていくと、みんな既にテーブルについていた。

「おはよう、信ちゃん」

「おはよう信也」

「おはよう。ちょうどハムエッグが焼けたところよ。好きだったでしょう？」

「あ、はい。ありがとう」

みんなが申し合わせたかのような完璧《かんぺき》な笑顔を僕に向けてくる。

「おはよう、信也。昨日はよく眠《ねむ》れたかい？」

お父さんが、笑顔のまま言う。

「はい、主のおかげで安らかな眠りを得ることができました」

「そ、そうか、それは良かった」

食前のお祈りを済ませて朝食を食べていると、お兄ちゃんが、

「良かったら今日、家族で出かけないか？　夏休みなんだし。信也、どこか行ってみたいところあるか？　どこでもいいよ。遊園地でも水族館でも」

と聞いてくる。

「今日、平日でしょ。お父さん、仕事は？　お兄ちゃんも予備校の夏期講習があるんじゃないの？　お姉ちゃんも部活は？　お母さんも、火曜日ならフラワーアレンジメントの教室があるんじゃないの？」

「そんなの休んだっていいんだよ」

「そうだよ、仕事だって今日一日ぐらい家族のために休んだって全然構わないさ」

「そうよ、部活や予備校や仕事や習い事より何よりも大切なのは家族との触れ合い、団欒《だんらん》

なの。家族が生活の基本なのよ。それがあるから他のことにも打ち込めるんだから」

「そうよ、夏休みは家族との絆《きずな》をより深めるいい機会よ。家族との時間を大事に過ごしましょうよ」

この数分の間に、何度「家族」というワードが出てきただろうか。ここぞとばかりのみんなの「家族推《お》し」に胸焼けを起こしそうになる。

「いやいいよ。今日は一日静かに過ごしたいんだ。昨日の疲れも残ってるし。精神的な」

一瞬、みんな言葉に詰《つ》まった顔になる。

「行くとしたら、散歩ぐらいかな」

「じゃあお兄ちゃんも一緒に行くよ」

「お姉ちゃんも。今日お天気良さそうだし。日焼け止め塗《ぬ》って行くわ」

「じゃあお父さんも。最近運動不足だったし、たまには歩くのもいいね」

「だったらみんなでお弁当持っていきましょうよ。ちょっと遠出してもいいし。お弁当は何がいい？　おにぎり？　サンドイッチ？　やっぱりこういう時はおにぎりかしら？　歩くんだったら、具は梅干がいいわね。季節的にも」

「せっかくだけど、ひとりで近所を歩いてみたいんだ。五ヶ月ぶりだし。ひとりで考えたいこともあるしね」

みんなの気持ちが見る間にしぼんでいくのがわかったが、お互い無理をして付き合っても溝を深めるだけだ。

午前中、フランシスコ教皇《きょうこう》の講話集を読み、祈りを捧げ昼食を摂《と》ったあと、家を出る。一番暑い盛りだが風があり、この時期にしては思っていたよりも過ごしやすい。

昔よく行った公園には、遊具で遊ぶ子供たちの姿があった。一番好きだったブランコが撤去《てっきょ》されていたのは軽くショックだったが、代わりにカラフルな新しいジャングルジムが設置されていた。空き地だった場所に真新しいアパートが建ち、漫画雑誌を買っていた書店が潰れていた。五ヶ月の間に変わったところもあるが、かつての見慣れた風景も、久しぶりにこうして歩いてみると、すべてが新鮮《しんせん》に映った。

四年間通った進学塾《しんがくじゅく》の前を通りかかる。今春の輝《かがや》かしい合格実績が貼《は》り出されている。難関校ほど字が大きい。もちろん僕の通っている学校名はない。最後のほうに小さく「その他有名校・多数」とある。おそらくこの中にもカウントされていないだろう。

今はちょうど夏期特別講習の真っ最中だろう。三階建ての建物を見上げる。遮光《しゃこう》のガラス窓の向こうには、去年と変わらぬ授業風景があるはずだ。ただ子供の顔が違うだけで。

きっと僕のような子もあの中にいる。

去年の今頃は、夏の太陽からも、行事や娯楽《ごらく》からも、一切遮断《いっさいしゃだん》されたこの建物の中で過ごしていた。あの頃、まさか自分が家族と離れ、遠方の学校に入学し寮に入り、そこでカトリックと出会い、信仰の道を志すことになるとは、夢にも思っていなかった。

もし一年前の自分に声をかけられるとしたら、なんと言うだろう。

「そんなに無理して勉強しても、全落ちするから無駄《むだ》だよ。時間とお金がもったいないよ。もう受験なんかやめてこの夏休み、思いっきり遊んだほうがいいよ」

でも受験をしたからこそ、今の学校に行けて、そこで信仰に目覚めたのだ。だからこれで良かったんだ。

「三上くん？」

不意に呼ばれ、振り向くと自転車にまたがった女の子がいた。

「た、田中《たなか》さん？」

「久しぶり。こっちに帰ってきてたんだ？」

自転車から降りてにこっと笑うその子は、まさしく田中さんだった。

田中さんはまた少し背が伸びたようで、顔も少しほっそりして大人っぽくなっていた。

どぎまぎしていると、

「あー、やっと追いついたあ」

田中さんの後ろから声がした。

「信号で二回も引っかかっちゃってよぉ。この暑いのにまいるよ」

大汗をかいた田中さんのお母さんだった。やはり自転車に乗っていて、首にかけた信用金庫の店名入りのタオルでゴシゴシ豪快《ごうかい》に顔を拭《ふ》いている。

「お母さん、三上くんだよ」

「ん？　あ？」

タオルから顔を上げ、田中さんのお母さんがこっちを見る。

「ああ、三上くんかあ。どした？　元気にしてたかあ？」

「はい、元気です」

「そっか、そっか。そりゃ良かった。いつこっちに帰ってきたん？」

「昨日です」

「昨日？　夏休みに入ってすぐに帰ってたんじゃないんだ？」

田中さんのくりくりした黒い瞳が覗《のぞ》き込《こ》む。

「昨日まで修道院にいたので」

「修道院？」

ふたりの声が重なる。

「ああ、アーメンのガッコ行ったんだっけ？」

「ミッションスクールって言うんだよ、お母さん。そこの学校の生徒は、夏休み中も修道院で生活するの？」

「いいえ、希望者だけです。ほとんどの生徒は夏休みが始まるとすぐに帰省します」

「希望者だけ？　三上くんはどうして希望したの？」

「将来聖職者、神父になるためです」

「えええっ、神父？」

またふたりの声が重なった。

「神父って、結婚《けっこん》式場で『あなたは愛を誓《ちか》いますか？』って言ってる人？　あれって、結婚式場の専属？　それとも結婚式があると、あっちこっちの式場に呼ばれんの？」

田中さんのお母さんが、日焼けした顔を僕に向け聞く。

「えっと、それは多分プロテスタントの牧師《ぼくし》で、僕はカトリックなので」

「ん？　プロテスト？　ああ、プロとアマってこと？」

「いえ、そうではなく、宗派の違いで」

「ああっ、わかった、あれか。エクソシスト。昔テレビでやってた映画で見たよ。悪魔祓《あくまばら》いする人な」

「ええ、あれは確かにカトリックの神父ですが、エクソシズムができるのは、また特別な人で」

「あれは大変だぞ。映画の中でも、踏《ふ》んだり蹴《け》ったりどころの騒《さわ》ぎじゃない、そりゃあもうエラい目に遭《あ》ってたよ。最終的には死んでたから。三上くんも気をつけんと」

「ええ、ですからそれはまた特別な修行を……」

「悪魔って、外国人ばっかに憑《つ》くけど、日本人は大丈夫なん？　悪魔って日本人はスルー？あ、日本人はあれか、狐憑《きつねつ》きか。私が子供の頃、近所に狐に憑かれたおばさんがいて、目尻《めじり》が吊り上がって顔つきが狐みたいにきつくなって、四つん這《ば》いでご飯食べたり家族に噛《か》みついたりして大変だったたって。エクソシストって、狐憑きにも効くの？」

「さあ、それはちょっと」

「でもいいじゃん、神父。手に職だよ、手に職」

「手に職……」

田中さんは僕とお母さんの会話を、笑いをこらえながら聞いている。

「夏休みいっぱいはこっちにいるんでしょ？」

田中さんが向き直って僕に言う。

「あ、いや、もう少ししたら修道院に戻ろうかと思ってて」

「そうなんだ。じゃあ明日は何か予定ある？」

「明日？」

「うん、急で悪いけど、寄席《よせ》の招待券が二枚あるんだ」

「寄席？」

「そう、浅草《あさくさ》演芸場の。新聞店の人にもらったんだけど。いや、もらったっていうより、せしめたんだけどね、お母さんが。新聞代の集金に来たおにいさんに『購読料、五百円も値上がりしたんだから、何かサービスないの？　うちなんかずっと取ってるんだから。長期のお客、大事にしなさいよ。何か持ってんでしょ？　ほら、このあたりに』って言って、おにいさんのジーパンのポケットに手を突《つ》っ込んだり、身体検査するみたいにおにいさんの体、あちこち探ってたら『ちょっと、待って、ウギャー、やめてくださーいっ。パワハラー、いや、セクハラー』って叫《さけ》ばれて、二階に住んでる賢人《けんと》が、何事かと思って顔出したんだよね」

「ちょっとした冗談《じょうだん》だよ。でもそのおかげで招待券二枚ゲットできたんじゃないか」

「おにいさんが最後に『これで勘弁《かんべん》してください』って言って差し出してね」

「いいんだよ、うちは長きにわたるお得意さんなんだから。そうでもしないと最近めっきりサービスしなくなったもんな。招待券、以前は催促《さいそく》しなくてもよくくれたのに」

「でね、その招待券がちょうど二枚あって、それが明日なんだよね。お母さんは仕事で行けないから、どうしようかと思ってたんだ」

「それで僕に？」

「うん、最初佐知子《さちこ》を、あ、中学入ってからの友達ね、その子を誘《さそ》ったんだけど、明日は町内子ども会の奉仕《ほうし》活動がある日で、中学生が小学生の子たちの指導をするんだけど、その責任者だから欠席できないんだって」

何だ、ほかの子に断られたから僕を誘ったのか。一瞬落胆《らくたん》したけれど、話によると、男子で誘ったのは僕が初めてってことだよな。そうだよ、田中さんは共学に通っているから、男子の同級生だっているだろうに、僕に声をかけてくれたんだ。

「行くよ、行く、絶対行く」

「良かった。じゃあお昼の部の招待だから駅前に十時半ね。そこから出ている浅草行きのバスに乗れば一本で行けるから。寄席は持ち込み飲食自由だから、お昼は何か買っていけばいいよ。ちょうど演芸場のすぐ前にディスカウントショップがあるからそこで食べ物や飲み物を買おう。お母さんと前に行った時はそうしたの。みたらし団子とか、海苔《のり》巻きとか、あんパンとかポテチとか、好きなものたくさん買い込んで、何時間も冷暖房《れいだんぼう》完備のとこで演芸観《み》ながら飲み食いして、お母さんなんか『ここは極楽《ごくらく》か？』って言ってたよ」

「いや、ほんとほんと。楽しいから、明日ふたりで行っといでよ」

「はい、ありがとうございます」

そうだ、僕は昔、田中さんのお母さんから『花実《はなみ》と仲良くしてやってね』と言われていたんだ。あの言葉はまだ有効だろうか？

「おっと、タイムセールが始まっちゃう。行かなきゃ」

「そうだね。三上くんが山梨に行ったあとだけど、激安堂《げきやすどう》が潰れちゃったんだよ。三月に三上くんの合格祝いうちでした時、お寿司《すし》とか買ったとこね。あそこがなくなっちゃってもう大打撃《だいだげき》だよ。だから今日も、川向こうの安い店に買い出しに行くとこなの。今日の午後、たまたまお母さんの仕事が休みだったから、おひとり様一パック九十八円の卵、タイムセールで売るからふたりで行こうって。そういうことだから行くね。じゃあ明日十時半に駅前の浅草行きのバス乗り場でね」

「うん」

僕が頷くと、田中さん親子は自転車にまたがり、あっという間に去っていった。

田中さんは少しも変わっていなかった。ついでにお母さんも。ふたり共、春に別れた時のまんまだ。胸がじんわりとして、涙が少し出た。ようやく自分は、ふるさとに帰ってきたんだという気がした。

主よ、思いがけない天恵《てんけい》に感謝します。

翌日、約束の時間より早目にバス停に行くと、少しあとに田中さんが来た。

「おはよう、暑くなりそうだね、今日も」

田中さんは、黒いリボンのついた小ぶりの麦わら帽子《ぼうし》に紺色《こんいろ》のワンピースを着ていた。

「か、可愛《かわい》いね、その、帽子」

本当は、田中さんが可愛い、って言いたかったんだけど。

「あ、これ？　百均で買ったんだよ。今の百均ってすごくない？　百円もらったって、こんな帽子作れないもん。麦わらを手に入れるために現地に行くまでに百円以上かかる」

そう言って笑う田中さんはやっぱり可愛かった。

「あ、バス来たよ」

時間通りだった。バスに乗り込み、ふたりがけのシートに並んで座る。田中さんには窓際を勧める。

「ありがとう。私、乗り物乗るの好きなんだけど、うち車ないから、路線バスでもすごく嬉しいの。窓際だったらもっと嬉しい。流れる景色を見るのが好きなんだ。遠くに行ったら、行った分だけたくさんの違った景色が見られるよね。いいなあ。遠くに行ってみたいなあ」

うっとりした顔で窓の外に目をやる田中さん。一昨日《おととい》、僕も長距離を電車で帰ってきたのだけど、正直景色なんか見ている余裕はなかった。目には映っていても、何も入ってこなかったのだ。

「見て三上くん。あのお店、雑貨屋さんかな、素敵。あ、ペットショップ、小型犬いたね。あれは教会だよね。マリア様の像があるよ。これは高校かな？　この学校いいね、隣《となり》がスーパーだから、お弁当忘れてもすぐ買いに行けるね」

田中さんと一緒だと、なんでもないことでも楽しくなる。ごく普通《ふつう》の街並みにもわくわくしてくる。

浅草雷門前で降りる。平日でも観光客で賑《にぎ》わっている。外国人も多い。

何度か来たことがあるという田中さんは、迷うことなく歩いていく。

仲見世《なかみせ》通りや、伝法院《でんぼういん》通りには、制服姿の学生のグループもいた。この時期に修学旅行で浅草に来る学校もあるのだろうか。

浅草六区通りを進むと、大型ディスカウントショップの看板が目に入る。

「まずはあそこで食料調達しよ」

昨日田中さんが言った通り、演芸場はこの店の真ん前だった。

店内に入ると、田中さんがカゴを手に持った。

「三上くんも、食べたいの選んで」

一階の食料コーナーは、スーパー並みに商品が豊富で充実している。

「あ、チョコチップメロンパンがある。まずはこれ、っと。あー、サンドイッチも美味しそうだな。両方いっちゃおう」

僕はおいなりさんと海苔巻きのセットを手に取る。

「おっ、渋《しぶ》いね。なんか通っぽい」

「そうかな？」

ほかにもチョコ菓子やポテチをカゴに入れる。

「あとは飲み物、飲み物」

僕は緑茶のペットボトルを、田中さんはオレンジ紅茶というのを選んだ。

「それ、美味しい？」

「まだ飲んだことないんだ。だから飲んでみようかなって思って。もしまずかったら、三上くん飲んでよ」

「えー、ひどいなあ」

でもそれって田中さんが飲んだのを僕が飲むということだろうか。それって、それって。

「以上で、いい？」

田中さんの声に我に返る。

「え、あ、うん」

レジで並んでいると田中さんがお財布をリュックから取り出す。

「あ、待って。僕が出すから」

「えー、悪いよ」

「そんなことない。チケットもらったし」

「でもあれ無料招待券だよ」

「いや、ここは僕に出させて」

「いいの？　ありがとう」

支払いはこれだけ買ったのに、さすが爆安の店、千円ちょっとだった。それでも田中さんは「ありがとう、三上くん」とまたお礼を言う。くすぐったくて、嬉しくて、少しだけ大人の男の人になったような気がした。

台の上で買った商品を袋詰《ふくろづ》めしていると、田中さんがリュックから手提げ袋を取り出した。

「これ、保冷バッグなの。保冷剤も入ってるから飲み物とかお寿司とかはこの中に入れて」

田中さんは本当に気が利く。

通りを挟《はさ》んですぐ向かいが演芸場だ。

もぎりにチケットを渡しプログラムをもらって席に着く。自由席なので、真ん中の列の出入りしやすい端の席にした。思ったよりも混んでいて、全体的に年齢層が高い。見回してみると、どうも僕らが一番若いようだ。

まもなく公演が始まった。

「一番初めに出てくる人は、前座って言ってまだ羽織が着られないの。羽織をつけられるのは、二つ目からなんだよ」

「そうなんだ」

ひとり十分か十五分ぐらいの持ち時間らしく、次から次へと噺家《はなしか》さんが高座に上がる。中には、僕も何となく知っている噺もあった。

「何か食べよっか」

田中さんが保冷バッグを膝《ひざ》の上に置き、僕が選んだおいなりさんと海苔巻きのセットと緑茶のペットボトルを渡してくる。海苔巻きセットのパックの上に、除菌ウエットティッシュが載っている。

「ありがとう」

一番最初に出てきた前座の人もうまいと思ったけれど、プログラムが進むにつれ、段々上の人たちが登場すると、やはりものが違う、と僕のようなド素人でもわかった。声を張り上げているわけでもないのに、隅々《すみずみ》まで届く声。落ち着いたトーンで聞き取りやすい言葉。うまい人はたくさんいるけれど、名人は「すごい」と感じさせる人、とどこかで読んだ記憶《きおく》がある。隣に座る田中さんも声を上げて笑っていた。時々、肩《かた》を揺《ゆ》らして全身で笑うので、僕の肩に当たることがあった。

「あ、ごめん」

「いや、大丈夫、全然」

ホントに全然だから。何ならもっと来てくれても、全然構わないからっ。

田中さんがポテチの袋を開け、ふたりで食べる。時々、同時に手を突っ込んでしまい、手が当たる。

「あ、ごめん」

「いいよ、どうぞ」

「ありがとう」

ひとつのものを一緒に食べるって、家族以外で、そうはない。特別って考えるのは大げさだろうか。

落語のほかにもマジックや漫才、紙切り芸などのステージがあり、最初は四時間半なんて長いな、途中で飽《あ》きないだろうかと心配したが、そんなことは全くなく、笑って楽しんでいるうちに、演目がすべて終わっていた。

「あー、面白かった」

田中さんが席で伸びをしながら言う。

「うん、面白かったね」

ホールを出ると、入口に着物姿の男の人が立っていた。

「あっ、今昔亭文鳥《こんじゃくていぶんちょう》師匠《ししょう》っ」

田中さんの声に、男の人が振り向いた。

あ、さっき高座に上がってた人だ。

「きゃーっ、文鳥師匠、今日の『鮑《あわび》のし』面白かったです。先月の『狸《たぬき》の札《さつ》』も、すっごく良かった」

「ありがとう。こんな若い人が見に来てくれて、僕も嬉しいです」

「わぁ、握手してもらっていいですか？」

「もちろん」

「きゃあ、嬉しいっ」

顔を真っ赤にして、その場で飛び上がらんばかりだ。

何だろ、田中さんのこのはしゃぎっぷり。初めて見る田中さんのハイテンションに戸惑っていると、

「三上くんっ、スマホ持ってる？　写真撮っててっ」

田中さんが紅潮《こうちょう》した顔を向ける。

「あ、うん」

実はスマホは、昨日手にしたばかりだった。僕はそれほど必要性を感じなかったが、お父さんから渡されたのだ。「決められた時間内なら、これでいつでも連絡が取れるから。いつでも家に電話していいんだよ。こっちからもかけられるし」と言われた。僕の様子を知りたいのだろう。スマホを持つのは初めてだったが、数時間で大体の操作はわかった。写真も簡単に撮れる。スマホの電源を入れる。

「いい？　大丈夫？」

「うん、いいよ」

田中さんと噺家さんのツーショットを写真に収める。

何か、くっつきすぎ。田中さん、肩に手を回されて、満面の笑み。ちぇっ。

「ありがとうございました」

「良かったら、また聴きに来てください」

「はい、絶対来ます」

演芸場を出てバス停に向かって歩きながらも、田中さんは上機嫌だった。

「文鳥師匠と直接話ができて超《ちょう》ラッキー。師匠、かっこ良かったあ。ねえ？」

「あ、うん」

そうかなあ、結構おじさんだったけど。ああいう人が、田中さんの好みなのかなあ。そういえば田中さんが、男性アイドルの誰がいいとか、俳優《はいゆう》の誰のファンとか話しているのを聞いたことがない。小学校時代、女子がそういう話で盛り上がっている時も、話を聞いているだけで、自ら進んで話しているのを見たことがない。ミーハーな話が苦手なのかと思っていたけど、趣味嗜好《しゅみしこう》が違っていたからなのかもしれない。

「撮った写真、見せて」

バス停でバスを待っている時に言われる。スマホの画面を呼び出し田中さんに見せる。

「わぁ、よく撮れてる。師匠素敵。めっちゃ嬉しいっ、感激ーっ」

写真に見入る田中さん。昨日何枚か試し撮りはしたけれど、すぐに削除してしまった。記念すべき一枚目は、できれば田中さんと一緒に写ったものをと思っていたのだ。だから今日持ってきたのに。まさか違う男の人とのツーショットを撮る羽目になるとは。

バスが来た。ふたり用の席に、また並んで座ることができた。

「また私窓際でいいの？　やさしいね、三上くんは」

そうだよ、やさしいんだよ、僕は。写真に写ったあの人よりも、多分ずっとね。

「もう夕暮れが始まるね。家から少し離れただけでも、夕日が別の場所に沈《しず》むね」

田中さんが窓の外の、溶けたオレンジのような夕日に目を細める。

オレンジ。そうだ、オレンジ紅茶、美味しかったのかな。美味しくなかったら、僕にくれると言っていたから、美味しかったんだな。それが一番だ。田中さんが美味しかったり、嬉しかったりするのが一番だ。

駅前にバスが着いた。ここからは徒歩。途中までは田中さんと帰る方向が同じだ。

「今日は本当に楽しかった。誘ってくれてありがとう」

「私もすごく楽しかった。文鳥師匠と握手《あくしゅ》できたし」

結局そこか、そこなのか。

「また行こうよ、一緒に」

また一緒に。希望に続くやさしい言葉。

「うん、行こう、また一緒に」

別れ道に来た。田中さんは右、僕は左だ。

「あっ、そうだ、これ」

田中さんが保冷バッグを探る。チョコレート菓子の箱を取り出す。

「えっ、いいよ、それは。田中さん食べてよ」

「いいの？　じゃあお母さんのお土産にするね。お母さん、大好きだから『きのこの里』。ありがとう。その代わりというのもあれだけど」

ペットボトルが差し出された。オレンジ紅茶。三分の一ぐらい残っている。

「まずいからじゃないよ。美味しかったから、あげる」

にこっと笑う。夕日に照らされ、田中さんの笑顔もオレンジ色だ。

「あ、ありがとう」

「少ししか残ってないけど、試してみて。じゃあ、ここで。またね」

田中さんが手を振る。

「うん、またね」

スキップするような軽い足取りの田中さんの後ろ姿が、陰《かげ》り始めた街中に消えていった。

これは一体どうしたものか。

ペットボトルを前に腕を組む。さっきからずっとこうしている。自室、机の上にあるのは、飲みかけのペットボトル。中にはオレンジ紅茶。

これを僕にどうしろと？

いや、きっと田中さんは、大した意味もなくくれたのだ。単に、美味しかったから飲んでみてよ、新発売だって言うし。その程度。別に深い意味はない。

だが、いや、しかし。

これを飲むということは、すなわち……。

いや、もしかしたら、田中さんはこれを僕がグラスに移し替えて飲むことを想定していたのかも。いや、それでも完全に無罪とは言えまい。田中さんの唇《くちびる》が触れた飲み口を通して液体が注がれるのだから。どうしたらいいんだろう。

もしかして田中さんは、僕を悩ませ、苦しませるためにこれをくれたんだろうか。はい、十分に悩んでます、苦しんでます。

罪深き者よ、汝《なんじ》の名は女なり。

主よ、僕は一体どうしたらよいのでしょうか？

はっ、しまった。今気がついた。

僕は今日、お祈りを全くしていない。朝から浮《う》き立って、田中さんと出かけることで頭がいっぱいだった。食事の前に手を合わせることすらしなかった。なんということだ。僕は今日丸々一日、信仰のことを綺麗《きれい》さっぱり忘れていたのだ。今更ながら、その罪の深さにおののく。それどころか田中さんに奢《おご》っていい気になったり、手や肩が触れて舞い上がったり、自分を良く見せようとしたり、おっさんに嫉妬《しっと》したりしていた。怠惰《たいだ》、色欲、嫉妬、虚栄《きょえい》、『七つの大罪』のいくつかの罪を今日いっぺんに犯してしまったのだ。

その上このペットボトル。琥珀色《こはくいろ》の誘惑《ゆうわく》。

そこでまた僕は大きなことに気がついた。

神父になるということは、生涯《しょうがい》独身で通すということだ。そうだ、僕は結婚できないんだった。そのこともすっかり忘れていた。すっかり忘れ、田中さんのちょっとした仕草や笑顔や言葉に浮かれまくっていた。

愚かなる者よ、汝の名は三上信也なり。

信仰の道に生きるのなら、田中さんのことは忘れないといけない。

プロテスタントなら良かったのに。プロテスタントの牧師は結婚が許されている。今から変えようかな、プロテスタントに。

まさか、そんなことできるわけがない。しかもそんな理由で。

ああ、主よ、僕をお助けください。

「信ちゃん、修道院から電話よ」

部屋の外からお母さんにそう声をかけられ、椅子《いす》から飛び上がるほど驚く。このタイミングで、修道院から電話。も、もしかして、バレた？　今日一日の僕の罪が。

そうだ、神はいつでもすべてをお見通しなのだ。

「も、もしもし」

震える声で電話に出る。

「ああ、三上くん、どうですか、お父様の具合は？」

神父様だった。だがその声は穏やかで、誰かをこれから糾弾《きゅうだん》してやろうとするような響《ひび》きは全くなかった。

話の内容は近々信者を対象とした大規模なミサがあるので、それに出席できるかという確認で、それに続けて、

「人手が足りないので、もしできるのなら、三上くんにその準備を手伝ってもら……」

「はいっ、是非っ。お手伝いしますっ。いや、させてくださいっ、何がなんでもっ」

神父様の言葉が終わらぬうちに、食い気味で答える。後ろめたさを払拭《ふっしょく》するかのごとく。今日のことが帳消しになるくらい、教会のために働こうと誓う。

このオレンジ紅茶は、アダムとイブが楽園を追放される原因となる禁断の果実、りんごなのだ（オレンジだけども）。口にしたら、もう元には戻れない。

しかし処分するのは忍《しの》びない。これは田中さんの真心の象徴《しょうちょう》でもあるのだから。このへんの相反する考えを持つところが、僕のまだまだな点であるのだが。

ではどうするのか。これはこのまま、持っていくことにする、山梨へ。女の子の飲みかけのペットボトルを後生大事に持ち歩くというのも、何やら変態めいている気がしないでもない。大丈夫か、自分。

いや、これは僕にとって、忍者やスパイが自害用に毒を携帯していたのと同じ、覚悟《かくご》の表れなのだ。信仰の道を捨てた時、僕はこれを口にしよう。その時、神の子、三上信也は死ぬのだ。そして俗世に還《かえ》る。

それまでにこの液体は確実に腐《くさ》っているだろう。本当に死ぬとまでは思わないが、多分口にしたらお腹を壊《こわ》すとか、相当苦しむだろう。いや、大いに苦しむべきなのだ。その苦しみこそが我に与えられた罰なのだ。

僕は寮から持ってきたカバンに、オレンジ紅茶のペットボトルを入れた。

ひと夏を越えたこれが、寮の持ち物検査で見つかったら、かなりヤバいブツと見なされるだろうが、今はそこのとこは考えないでおこう。

すべては神の御心《みこころ》のままに。

それから三日ほど家でゆっくり過ごし（家族の僕への接しかたは相変わらずだったが）、修道院へ戻る日の午前中、僕は田中さんの家を訪ねた。オレンジ紅茶二本と、田中さんと今昔亭文鳥師匠が写った写真を持って。

田中さんの家は三月に一度訪れただけだったが、道はしっかり記憶していた。

一階の角部屋。呼び鈴を押す。応答がない。誰も出てこない。二、三回押してみたが、内に人のいる気配がなかった。留守のようだ。連絡せずに来たのだから、想定内だった。

僕はペットボトル、写真と手紙が入った封筒《ふうとう》を入れた紙袋をドアノブにかけた。手紙はごく短いものだった。

『田中花実さま。

この前はありがとう。寄席、とても楽しかったです。この夏一番の、いえ、僕の一生の思い出、宝物です。本当にありがとう。

僕は今日、修道院に戻ります。

僕は善き者になります。

田中さんと田中さんのお母さんに、マリア様のご加護がありますように』

深緑の夏の山が近くなった。空の色が東京よりも濃い。

山梨に向かう電車の中で、自分用に買っておいたオレンジ紅茶のペットボトルを開ける。ひと口飲む。オレンジの爽《さわ》やかな香りと味が紅茶によく合っていて、大人っぽい味わいだ。かすかな苦味とほのかな甘《あま》み。ビターアンドスイート。

ホントだ、美味しいね、田中さん。

紅茶を陽《ひ》の光にかざすときらきらと輝いていた。あの夏の日の思い出をそこに閉じ込めたみたいに。

覗けばきっとあの日オレンジ色に頬を染めていた田中さんの笑顔が見えるだろう。

# オーマイブラザー

「パラレルワールドって知ってる？」

紫《むらさき》の萩《はぎ》の花がこぼれ咲《さ》き、黒い蝶《ちょう》が目の前を横切る。学校の帰り、いつもこの河原の草むらに宏樹《ひろき》くんと並んで座り、いろんなことを話す。

「パラレルワールド？　知らない」

首を振《ふ》って答える。

「パラレルワールドは、並行世界とか並行宇宙、並行時空とも言われるんだけど、僕《ぼく》たちがいるこの世界のほかに、いくつもの世界が並行して存在しているって概念《がいねん》なんだ。それぞれの世界に僕がいて、たとえば僕は今片田舎《かたいなか》の平凡《へいぼん》な小学六年生に過ぎないけど、別の世界では芸能界で活躍《かつやく》が期待される若手俳優《はいゆう》かもしれないし、また別の世界では天才サッカー選手として注目されているかもしれないってことだよ」

宏樹くんは頬《ほお》を紅潮《こうちょう》させ、得意気な顔で言うけれど、たとえ別の世界に自分が存在したとしても、本人の外見や能力がそのままなら、人生がそんなに激変するとは思えないのだが、それは親友のよしみで黙《だま》っておくことにする。

それよりも僕の心はパラレルワールドにすっかり囚《とら》われていた。

パラレルワールド、並行して存在するいくつもの世界。じゃあここではない別の世界では、今もお兄ちゃんは、僕のそばにいるのだろうか。

宏樹くんは、超能力《ちょうのうりょく》や未確認飛行物体やネッシーやビッグフットのような未確認生物、タイムトラベル、四次元の世界、魔術《まじゅつ》、予言といった超常現象と呼ばれるものに詳《くわ》しかった。出処《でどころ》の怪《あや》しい情報もあるが、宏樹くんの話はいつも刺激《しげき》的で興味深いものばかりだった。

そんな宏樹くんの目下最大の関心事は、超能力の開発らしい。

「パラレルワールドやタイムトラベルを体験した人によると、どうも超能力的なものも関係しているらしいんだ。そういう能力を持っている人が体験しやすいようなんだ」

「じゃあ僕はダメだな」

少しがっかりして言うと、

「そんなことはないよ。超能力は潜在的《せんざい》に持っている可能性が誰《だれ》にでもあるんだよ。訓練によって、引き出すことは十分に可能なんだ」

宏樹くんの目が輝《かがや》く。

「僕でもエスパーになれるってこと？」

「もちろん、その可能性はあるよ。超能力には、透視《とうし》、念写、念力、瞬間《しゅんかん》移動とかいろいろあるけど、何がいい？」

「えーっと、まず別にどっちでもいいのは、念写と念力かなあ。心に念じたことを、フィルムや紙に映し出せたとしても『それで？』って感じだよね。手で書いたほうが絶対早いし。それをする意味がわからない。念力も普段《ふだん》の生活の中ではそんなに必要性を感じないなあ。あそこのリモコン欲《ほ》しいな、と思ったら、念じるよりも自分で取りに行ったほうが簡単だし、念じるってエネルギー使って疲《つか》れそう。透視はトランプゲームする時はいいよね。最強だよ。あとスイカ割りの時とか。毎年商店街の夏祭りでやるスイカ割りゲーム、あれ竹刀持って目隠《めかく》しされてぐるぐる回されて、完全に方向感覚失うよね。スイカのビーチボールに当てれば、千葉《ちば》産の本物のスイカが丸々一個もらえるけど、時間制限あるし、ボールまでの距離《きょり》が結構あるから難しいんだよ。あの時は、ああ透視能力があったらなあ、と強く思うけど、それも年一回だしなあ。

となるとやっぱり一番いいのは瞬間移動だよね。これができたら、ギリギリまで寝《ね》ていても遅刻《ちこく》しないで済む。雨の日も濡《ぬ》れなくていいし」

「スケールが小さいなあ。せっかくの瞬間移動なのに。フランスだってアフリカだってどこにでも行けるのに。でも超能力の中では瞬間移動が最難関。一番難しいんだよ」

「だろうね」

瞬間移動できるのなら、僕が行きたいところはただひとつだ。でもそれは宏樹くんにも言わない。

「人の心が読めるってのもあるよ。でもこれもいらないな。だって嫌《いや》じゃん、人の考えてることが全部わかっちゃうってさ。知らないほうが良かったっていうの絶対あると思うし。人に心を読み取られるのも嫌だな、っていうか最悪だよ。ろくなこと考えてないもん。親や先生にお説教されている時も、頭の中で歌うたってるか、めっちゃ毒吐《は》いてるとかだし。知られたら絶対ヤバイような。だからこの能力はいらないや」

「そうだね」

でももしあの頃《ころ》のお兄ちゃんの心が読めたなら、お兄ちゃんの考えていることがわかったら、僕にもできることがあったかもしれない。

「まあ、まずは地道にスプーン曲げあたりからやってみるのがいいかもな」

「お母さんに見つかったら怒《おこ》られそうだけど」

笑い合って腰《こし》を上げる。最近日が短くなった。夏休みはまだ外で遊んでいた時間なのに、もうあたりが橙色《だいだいいろ》に染まり始めていた。

「逢魔《おうま》が時《とき》だよ」

歩きながら宏樹くんが言う。

「何それ」

「魔物や妖怪《ようかい》に逢《あ》う怪しい時間帯のことだよ。日が暮れてきて、周りの景色が見えにくくなる頃、魔物や妖怪が出てくるから気をつけなってこと。もう少し経《た》つと西の空から徐々《じょじょ》に夕焼けの赤さが消えて、藍色《あいいろ》の空になるだろ。それは大禍時《おおまがとき》って言って、何か禍々《まがまが》しいこと、不吉なことが起こる時間なんだ」

そういう宏樹くんの顔も、右半分が暗く陰《かげ》って少し怖《こわ》く見えた。

「特にこの辻《つじ》ってやつはね」

いつもさよならをする十字路に差し掛《か》かる。

「辻っていうのは昔から現世と来世の境界になってるんだ。人々が出会い別れる交通の要所は、異界と現実の交差点でもあるんだ。人にあらざるものが住む世界への入口がここにあって、魔物が潜《ひそ》むとも言われているから、逢魔が時の辻には気をつけたほうがいいよ」

異界への入口、逢魔が時。もしかしてお兄ちゃんはこの辻で魔物に遭《あ》ってしまったのだろうか。

僕はその夜、辻、逢魔が時、パラレルワールドのことについてパソコンで調べた。辻に異世界につながる入口があるのだとしたら、それはパラレルワールドなのだろうか。四次元とは違《ちが》うのか。調べていくうちに、辻占《つじうら》というものがあることを知った。夕方、知りたいことを胸に秘めて辻に立ち、通りすがりの人々が話す言葉の内容をもとに占《うらな》うのだという。偶然《ぐうぜん》そこを通った人々の言葉を、神の託宣《たくせん》と考えたようだ。辻は人や魔物だけでなく、神も通る場所なのだとか。

神様ならきっとわかるだろう、お兄ちゃんが今どこにいるのか。

でも路上でビラを配る両親には神様のお告げはなかった。辻ではなかったからだろうか。お父さんとお母さんは、お兄ちゃんの写真と共に顔や身体の特徴《とくちょう》を記したビラを自分たちで千枚も作り、街頭で配った。行き交う人に必死に呼びかけた。

息子《むすこ》を知りませんか？　見かけたことはありませんか？　どんな小さな情報でも、お心当たりの方は是非《ぜひ》ご連絡《れんらく》ください。お待ちしています。

『この人を捜《さが》しています』

ビラに赤い文字で大きく書かれていた。

お兄ちゃんは、ある日突然いなくなった。姿を消した。本当にまるで消えるみたいにいなくなったのだ。

僕とお兄ちゃんはひと回り歳《とし》が離《はな》れている。僕が幼稚園《ようちえん》に入る頃には、お兄ちゃんは既《すで》に十分に大人だった。兄弟喧嘩《きょうだいげんか》もしたことはない。これだけ離れていると、喧嘩にならないのだ。

お兄ちゃんは穏《おだ》やかな性格で、僕の記憶の中では一度も怒ったことがない。礼儀《れいぎ》正しく誰からも好かれ、中学高校と生徒会の仕事をし、成績も常にトップクラスだった。僕にとっても自慢《じまん》の兄で、勉強を教えてくれたり、面白い話をたくさんしてくれた。

そんなお兄ちゃんがいなくなったのだ。

お兄ちゃんは地元の国立大に通う四年生だった。工学部で、就職先も決まっていた。県内の優良企業《きぎょう》だ。友人関係も良好で、学業も優秀《ゆうしゅう》、家庭にも問題がない。なのにいなくなった。

いなくなったその日の朝も、いつもと同じ、変わった様子はなかった。一緒《いっしょ》に朝ご飯を食べていた。十月だった。「ようやく庭の柿《かき》が色づいてきた」「去年より少し遅《おそ》い」、お父さんとお母さんがそんな会話をしていた。

「運動会はいつだ？」

お父さんが新聞から顔を上げて僕に聞く。

「来週の日曜日だよ」

お兄ちゃんは、ヨーグルトに大好きなブルーベリーソースをかけて食べていた。

「来週日曜、大丈夫《だいじょうぶ》？　お兄ちゃんも見に来られる？」

「うん、大丈夫だよ。行けるよ」

「やったあ、約束だよ」

お兄ちゃんがやさしく微笑《ほほえ》んで頷《うなず》く。まっすぐに僕の目を見て。

「ほら、ミツ、時間よ」

お母さんが時計を見ながら言う。

「あ、ホントだ、行ってきます」

「行ってらっしゃい」

送り出すその声が、二度と聞けなくなるなんて夢にも思わなかった。

いつもの朝。いつもの会話。

なのにその日、お兄ちゃんは帰ってこなかった。

いつもと同じ、大学に行く時の服装、持ち物で普通に家を出たという。部屋にあるパソコンや洋服もそのままで、何かを持ち出した形跡《けいせき》もない。携帯《けいたい》電話は持って出たが、全くつながらず、所持金も大した額ではなかったらしい。

本当に煙《けむり》のように消えたのだ。ひとりの人間が。嘘《うそ》のように。

家庭にも大学にも問題がなく、家出をする心当たりが全くないことから、当初は事件事故に巻き込《こ》まれた可能性も考えられた。最初こそ警察も動いてくれたが、そのような目撃《もくげき》情報も全くない。両親が捜索《そうさく》願いを出したが、成人男性であったことから「一般《いっぱん》家出人」と見なされ、特に捜査に乗り出してくれるようなことはなかった。

お兄ちゃんが家出人だって？　まさか、そんなのあるわけがない。

だって約束したんだから、運動会を見に来てくれるって。

お兄ちゃんは僕に一度も嘘をついたことがないんだから。

両親も必死になって捜した。お兄ちゃんの立ち寄りそうな場所をくまなく捜し、大学の友人や先生方にも話を聞き、大学側も積極的に協力してくれた。地元新聞に個人広告を出したこともある。それでも一向になんの手がかりも見つけられなかった。

そのうち既に殺されてどこかに埋《う》められているとか、ひき逃げされて、犯人が証拠隠滅《しょうこいんめつ》のため海に死体を捨てたとかいう噂《うわさ》が流れ、僕たち家族は随分《ずいぶん》苦しめられた。もっともひどいのは、親が怪しい、本当は親が息子を殺害して、それを隠蔽《いんぺい》するために行方不明を装い、悲劇の親を自作自演しているのではないか、と噂されたことだった。

お母さんは体調を崩《くず》し、お父さんも会社を長期間休んだ。

数ヶ月後、警察から連絡があった。身元不明の遺体《いたい》が山中から見つかったという。お兄ちゃんと身体的特徴が似ているので、確認をお願いしたいということだった。

お兄ちゃんは右の頬に特徴的なほくろがあった。大きめのほくろが三つ綺麗《きれい》に並んでいるのだった。二つならまだしも、三つというのは、なかなかないだろう。

「気になるようなら、大人になってから取るといいわ。今はほくろも簡単に取れるそうよ」

お母さんがそう言うと、

「子供の頃はからかわれて嫌だったけどさ、今は結構気に入っているんだ、これ。三つ並んでオリオン座の三つ星みたいだろ？　この三つ星があれば、何かあった時、すぐに僕だってわかるよ」

お兄ちゃんは自分で右頬のほくろを指さしながら言う。

「何かあった時って何よ。縁起でもないこと言わないでよ、もうっ」

お母さんが軽く睨《にら》みつけて、家族で笑った覚えがある。あの時話したことがまさか現実になるなんて。

両親が警察に赴《おもむ》き、僕は家で留守番をしていたが、ふたりが帰ってくるまで、テレビを見る気にも漫画《まんが》を読む気にもならなかった。家の中でただひたすら祈《いの》っていた。

うちの車のエンジン音がして、両親が帰ってきた。

お父さんが、ゆるく笑って首を横に振った。

違っていたようだ。三つ星はなかったらしい。

お母さんは喜んでいるかと見ると、その顔に笑みはなかった。目の周りがどす黒く、見るからにやつれ果て、おばあさんのようだった。

僕だってお兄ちゃんのことを考えない日はなかった。

お兄ちゃんはなぜいなくなったのか。この家を出ていったのか。

他人から見たら十分に恵《めぐ》まれているようだったが、何か人知れず問題を抱えていたのか。

それともこの家が嫌だったのか、家族が嫌いだったのか。

そうだよ、僕のことを可愛《かわい》いと思っていたなら、家を出るなんてことしなかったんじゃないか。

お兄ちゃんは僕が嫌いだったの？

悪いところがあるなら、言ってくれれば直したのに。

まさか、そんなことは絶対にない。

いつでも僕にやさしかったお兄ちゃん。家族思いのお兄ちゃん。

バイト代が入ると、お母さんの好きなケーキを買ってきた。残業続きで疲れが溜《た》まっているお父さんには、額に汗《あせ》を浮《う》かべながら一生懸命《いっしょうけんめい》マッサージをしてあげていた。学校で流行《はや》っている、でも大人からしたらくだらないような遊びでも、笑顔で付き合ってくれたお兄ちゃん。何をしても褒《ほ》めてくれた。「すごいなあ、ミツは。サッカーも絵も字も歌も、お兄ちゃんが子供の頃よりずっとうまいよ」と言ってくれた。

家族だけじゃない。周囲の人にも細やかに気を配り、誰にでも親切でやさしかった。クラスで一日でも休んだ子がいると、次の日必ず声をかけていた。だからみんなに好かれていた。

そんなお兄ちゃんが家出なんかするわけがない。

だったらどうして姿を消したんだろう。姿を消した、そうだ、消えてしまったんだ、お兄ちゃんは。

でもそんなことってあるだろうか？　大の大人が、跡形《あとかた》もなく消えてしまうなんて。

「それは神隠《かみかく》しに遭ったのかもしれないよ」

そう言ってくれたのは宏樹くんだった。

「神隠し？」

何となく聞いたことはある。

「それって本とかに出てくる、大昔の話でしょ？」

「そんなことない。現代でも、神隠しとしか言いようがない事例がたくさんあるんだよ」

「そうなんだ」

宏樹くんによると、行方不明者は年間八万人もいて、大半はなんらかの理由で、自分の意思により家出した人だったが、中にはどうにも説明できないような不可解な消え方をしている人がいるのだという。いくつか例を挙げてくれた。

調査のため洞窟《どうくつ》に入ったまま行方不明になった大学生。

自分の部屋で寝ていた小学生の男の子が朝になるといなくなっていたケース。鍵《かぎ》はかけられており、外部から何者かに侵入《しんにゅう》された形跡もなかった。

家族で低山にハイキングに行ったが、さっきまで母親の後ろをついてきていた社会人の娘《むすめ》が、振り返るといなくなっていた。渓谷《けいこく》に落ちたのか、あるいは道に迷ったのかと、警察も人員を総動員して捜索したが、遺留品さえ見つからなかった。

ほかにも一家五人全員が消えた事例もあるという。携帯電話や通帳も家に残されたままで、食卓《しょくたく》の上には人数分の食べかけの夕食が残っていたとか。

「な、もう理屈《りくつ》が通用しない、神隠しとしか思えないだろ？」

胸がドクドクした。

お兄ちゃんも、もしかして。

「でも帰ってきた例もあるんだよ」

「えっ、ほんと？」

「タイの田舎で農作業中に消えた娘が、二十年後に当時と変わらぬ姿で戻《もど》ってきたり、東北地方でかくれんぼをしていていなくなった女の子が、一週間後、家の軒先《のきさき》で呆然《ぼうぜん》と立ち尽《つ》くしていたり」

「それ、どうやって戻ってきたの？」

「本人たちもよく覚えていない場合が多いらしいんだ。なんらかの拍子《ひょうし》に、今いる世界とは別の世界に行ってしまった、飛ばされてしまったと考えると、多分その世界とこっちの世界は時間の流れる速さが違うんだろうな。こっちで何日も、何十年も経ったとしても、向こうではほんの数分だったり、逆もあるかもしれない。そしてこっちの世界に戻される時には、記憶《きおく》を消されるのかも」

「誰に？　宇宙人？」

「それも考えられるし、時を司《つかさど》る管理人かもしれない」

宏樹くんの話は、いつも僕を刺激して興奮させる。希望につながる話だから。

お兄ちゃんも何かの拍子に、別の世界に行ってしまった、飛ばされてしまった、と考えるのが、一番しっくりくる。あの日、お兄ちゃんはどこかで異界につながる時空の裂《さ》け目に落ちてしまった、そう考えると納得できる。

それとパラレルワールドはまた違うのだろうか？

いや、違っていてもいなくても、そういうものがあるという時点で、可能性は広がる。

この世には、科学では説明できないような不思議なことが沢山《たくさん》ある。魔術、超能力、予言、生まれ変わり、未確認飛行物体、未確認生物。タイムトラベラーやビッグフットが存在するのなら、お兄ちゃんが異世界に飛ばされて、再びまた帰ってくることだってありえるんじゃないか。

超常現象を信じることは、お兄ちゃんの生還《せいかん》を信じることと同じだった。

こんな不思議なことが実際あるのだったら、お兄ちゃんにその不思議な現象が起こったとしてもおかしくない。

もともとそういうものに惹《ひ》かれる気質もあったのか、知れば知るほどいわゆるオカルトの世界に耽溺《たんでき》していった。

宏樹くんは小学校卒業と同時に大分《おおいた》から福岡《ふくおか》に引っ越《こ》していった。幾度《いくど》か年賀状のやりとりをした記憶はあるが、いつの間にかそれも途絶《とだ》えてしまった。しかしオカルトの世界を知るきっかけを与えてくれた宏樹くんには、今でも感謝している。

中学、高校と進んでもその熱は冷めることはなかった。むしろ更《さら》に奥深《おくぶか》い知識を得て、ますますのめり込んでいった。不可解であればあるほど、心酔《しんすい》した。それが自分を支え、生きていくエネルギー源になった。その根底には、常に兄のことがあった。こんな不思議なことが起こるなら、忽然《こつぜん》と消えた人がある日突然《とつぜん》帰ってきたとしてもおかしくない。

両親にこのことは話さなかった。兄がいなくなってから、年数が経つにつれ、自分たちの中でどう折り合いをつけたのかわからないが、落ち着きを取り戻し、表面上は以前のような穏やかな日常に戻っていた。

兄のことで、一生分の心労を味わったであろう両親にこれ以上つらい思いをさせたくなかったから、僕は勉強に励《はげ》み、学校でも優等生で通した。もともと勉強は嫌いではなかったから、成績は常に上位だった。

だが、学校でもついオカルトの話になってしまい、一旦《いったん》それが口をついて出るとスイッチが入ったみたいに熱を帯びた口調になるので、度々《たびたび》クラスのみんなから引かれることがあった。

けれど幸い成績が良かったので、秀才《しゅうさい》にありがちな変人と位置づけられ、居場所を得たことは、学校生活を送る上で好都合だった。

高校卒業後は地元大分を離れ、東京の大学に進学した。最初の頃こそ友人に誘《さそ》われるままに飲み会に出ることもあったが、そこでもついオカルトスイッチが入って、周囲を凍《こお》りつかせた。

特に女子の反応はひどかった。奇異《きい》なものを見る目を向けられたが一向に構わなかった。オカルトは僕の人生の中核《ちゅうかく》、生きる信念なのだ。

オカルトを信じることは、兄の生還を信じることなのだから。


大学卒業後、僕は都内の小学校の教師になった。大変なことも多いが、やりがいを感じている。だが授業中、話が横道に逸《そ》れる時、どうしてもオカルトのほうにいってしまい、教室を静まり返らせることがあった。父兄からいくつか苦情も来ているようだ。わずかでもそれ関連のワードが出ると、もう止まらなくなる。しかしそんな自分が誇《ほこ》らしくもあった。兄を想《おも》う強さの証《あかし》のように思えるのだ。

教室ではやはり殊《こと》に女子児童の視線は冷ややかだったが、あの子だけは違った。もう卒業してしまったが、あの子、田中花実《たなかはなみ》。あの子だけは、僕の話を毎回熱心に聞き入っていた。時々軽く頷《うなず》いて。まっすぐな目を向けて。

英国で使われている『食器棚《しょっきだな》の奥の骸骨《がいこつ》』という表現について話をした時も、子供たちは『骸骨』という言葉に過剰《かじょう》反応して怖がったようだが、田中花実は違った。きちんと僕が伝えたかったことを理解し、そのことをちょうど彼女が当番だった学級日誌に書いてくれた。

『食器棚の奥の骸骨、どんな家にも隠しておきたい、秘密にしておきたいことがある。本当にそうだと思います。私の家に、食器棚はありません。よその家からもらってきた茶簞《ちゃだん》笥《す》があるだけです。でもきっと骸骨はあるでしょう。茶簞笥では収めきれないかもしれません。先生のおうちの食器棚にも骸骨はありますか？』

ありますよ、田中さん。食器棚じゃなくて、先生の心の奥深いところに、それはずっとありますよ。別に隠しているわけじゃない。大事にしまっておきたいんです。先生の骸骨はやさしく笑っていて、先生の心をいつもなぐさめてくれるんですよ。

「木戸《きど》先生」

ある日の放課後、廊下《ろうか》で田中花実に呼び止められた。

「はい、何ですか？」

「今日理科の時間に先生が話してくれたパラレルワールドの話、とても面白かったです」

「そうですか。それは良かった。田中さんは本当にパラレルワールドがあると思いますか？」

「うーん、絶対にある、とは言い切れないけど、あればいいなと思います」

「田中さんは、別の世界に存在する自分はどんなだと想像しますか？」

「私自身はどこに行ってもそう変わらないと思うんですけど、もし環境《かんきょう》が違うんなら」

そこまで言うと、田中花実は口をつぐんだ。瞳《ひとみ》に陰りの色が走った。田中花実の家はひとり親だった。やけにパワフルな母親がいるが、やはり寂《さび》しさはあるのか。

彼女が望む別の世界には、父親が存在しているのかもしれない。欠けたものを抱えている者同士は、その寂しさを敏感《びんかん》に嗅《か》ぎ取るのだろう。田中花実の悲しみが心に沁《し》みた。

「生まれ変わりとパラレルワールドは違うんですか？」

田中花実が顔を上げて聞く。

「全く違います。生まれ変わりは、肉体が生物学的な死を迎えたあとに、その中核部、つまり魂《たましい》のようなものが、違った形態や別の肉体を得て新たな生活を送るという概念ですから、パラレルワールドとは違います」

「そうなんですか。でも生まれ変わったとしても、パラレルワールドに行っても、担任は木戸先生がいいです」

にっこり笑って言う。

「そうですか。ありがとう、田中さん」

悲しみに負けそうになったら、寂しさが忍《しの》び寄ってきたら無理にでも笑う。

わかるよ、田中さん、先生もそうして生きてきたから。

「はい、先生は面白いから。ほかの人がなんと言おうと」

ん？　最後の言葉が引っかかったが、まあいい。目の前の田中花実は笑っている。

田中花実と別れ職員室に戻る。随分日が短くなった。窓から射《さ》しこむ夕日が、壁や机、ファイルを茜色《あかねいろ》に染めている。

パラレルワールドでも太陽は東から昇《のぼ》り西に沈《しず》むのだろうか。

夕暮れ時はいけない。特に夕焼けがやけに美しい日は。心が乱され、苦しくなる。逢魔が時。魔物がうろつき出す時間。心惑《まど》わされるのは魔物の仕業《しわざ》か。

田中花実は、この逢魔が時の中を帰っていった。茜色の空に何を思うのだろうか。

空からその茜色が消え、流れ込むように藍色が広がり、闇《やみ》が近くなったら、大禍時だ。

大きな禍々しいものに呑《の》まれる前に、田中花実が無事に母親の待つ家に着きますように。

こんなことを思うのも、逢魔が時のせいかもしれない。

新宿《しんじゅく》に来るのは久しぶりだ。

普段ほとんど来ないのだが、今日は大学時代の友人の結婚式《けっこんしき》が新宿のホテルであった。披露宴《ひろうえん》は昼からだったので、午後四時前にはお開きになった。二次会にも誘われたが、明日から移動教室で朝早いのを理由に断った。

十月の末、気候もいいし、少し歩いてみようという気分になる。このあたりの道は、あまり詳しくない。一歩入ると、猥雑《わいざつ》という言葉がぴったりな往来の佇まいに戸惑う。怪しげな店、扇情《せんじょう》的な看板が並び、見るからに関わったらまずいことになりそうな種類の方々が我が物顔に闊歩《かっぽ》している。歓楽《かんらく》街、盛り場。ちょっと気を抜《ぬ》くとたちまち呑み込まれてしまいそうだ。歩くだけで緊張《きんちょう》してしまう。

眠《ねむ》らない街、不夜城。

僕とは縁のない世界だと思う。そのことにほっとしてもいる。

僕は日が沈んだら床《とこ》に就きしっかり眠って、太陽が昇ったら起きて、学校へ行き子供たちと過ごす生活がいい。合っている。

喧騒《けんそう》から逃《のが》れるように角を曲がると、人の行き来が比較《ひかく》的落ち着いた通りに出る。立ち並ぶ店も大手居酒屋のチェーン店やこぢんまりした飲食店が多い。

目的もなくぶらぶら歩いていると、少し先にレモンイエローのワンピースを着た髪の長い女性が立っていた。

立っていたというより、立ち尽くしていたと言ったほうがいいかもしれない。

顔をこちらに向け、その視線は明らかに僕を捉《とら》えていた。

見覚えのない女性だった。

僕が忘れているだけで、向こうは見知っているのかもしれないが、思い出せない。

女性にしては随分背が高い。ヒールのある靴《くつ》を履《は》いているのだろうが、どう見ても百八十センチは超えている。大女だ。こんな目立つ女性だったら記憶に残っているはずだが。

訝《いぶか》りながらも歩を進める。

距離が縮まる。女性のすぐ近くまで来た。

あ。

右の頬に三つ並んだほくろが目に飛び込んできた。はっきりとそれが、刺《さ》さるように僕を射抜いた。足が固まったように動かなくなる。

まさか。でもこの目は、僕に向けられるこの眼差《まなざ》しは確かに……。

どれくらい見つめ合ったのか。先に目を逸らしたのは、向こうだった。

視線を落としたまま、僕の脇《わき》を抜けていこうとする。

「待って」

その後ろ姿に声をかける。立ち止まらない。

「お兄ちゃんっ」

レモンイエローの背中がビクリとし動きが止まる。

こうして呼びかけるのは、何年ぶりだろう。行き交う人がこちらを見るくらい大きな声が出た。

でも振り返らない。僕も動けない。

すると女性、いや、お兄ちゃんがこちらに背を向けたまま、ヒジを折って右手を上にあげた。

その手が、ブイサインをする。

え、何で?

続いて薬指を立て三本指にし、次に人差し指と親指で丸を作った。

ああ、これは。

2、3、O《オー》、フミオ、文雄《ふみお》。
お兄ちゃんは指で丸を作った手を、バイバイするようにゆっくり大きく振ると、背筋を伸ばし、モデルのような美しいステップで雑踏《ざっとう》の中に消えていった。

こちらを一度も振り返ることなく。


僕たち兄弟の名前、文雄と光雄《みつお》は祖父がつけた。だからかセンスがどうにも今風ではない。小学校の頃、友達に「おじさんぽい」「古臭《ふるくさ》い」と言われた。

「僕、嫌だよ、この名前、昔の人みたいで。もう取り替《か》えて欲しいよ、翔《しょう》とか翼《つばさ》とかかっこいい名前に。お兄ちゃんだってそう思うよね？　文雄なんて嫌だよね？」

むくれる僕にお兄ちゃんが言った。

「そんなことないよ、お兄ちゃんは気に入ってるよ、文雄っていい名前だと思う。こうやって片手で表すことができるだろ」

そう言って、二本、三本と指を立て、最後に人差し指と親指で丸を作ってみせた。

「最後にこの形になるのがいいんだよ。これはOKサインだよ。バッチリ、上々だ、満足だ、正しい、とてもいい、万事OKのOなんだから。つまり、文雄は大丈夫、元気ですって意味だよ」

「うわっ、ホントだ、すごいっ」

「ミツだってできるよ。ほら、お兄ちゃんとは逆に指を」

そう言いながら、最初に立てた三本指を二本にし、最後に丸を作る。

「あ、ミ・ツ・オ、光雄だ」

僕は嬉《うれ》しくなって、何度も自分の名前の指サインをした。

それからは折に触《ふ》れ、お互いの指サインを出しあった。

たとえば運動会の時、徒競走で転んでしまった僕に、お兄ちゃんは父兄席から手を挙げ、
指サインを送ってくれた。
3、2、0、ミツ、大丈夫か、と。
それに僕も指サインで応《こた》える。
3、2、0、僕は平気、元気だよ、と。
僕がお母さんに叱《しか》られている時も、お母さんの後ろで気づかれないように、3、2、0、
ミツ、大丈夫だよ、と指サインで励ましてくれた。
お兄ちゃんの大学受験の合格発表の日、学校から家に飛んで帰ると、リビングにいたお

兄ちゃんが指を立てた。
2、3、O、フミ、バッチリ、万事ＯＫ。
あの時はふたりで喜び合ったなあ。

僕たち兄弟だけにわかる秘密のサイン。

「もし生まれ変わっても、お互《たが》いこのサインのことを覚えていたら、来世でも必ずわかるから。これは僕たちが前世で兄弟だった証だよ。だからこれだけは忘れるんじゃないぞ。どんなことがあっても。約束だよ」

「うん、お兄ちゃん、絶対覚えてるよ。約束する」

やっぱりお兄ちゃんだ。お兄ちゃんの言うことはいつも正しい。本当にそうだった。

兄と弟の証。ふたりをつなぐ絆《きずな》の指サイン。

そのＯＫサインの手を振りながら、新宿の街に消えていったお兄ちゃん。

背筋をまっすぐに、胸を張り、前を見て、振り返らず、自信に満ちた美しい足取りで去っていった。

文雄は元気だ、大丈夫、万事ＯＫ。

そうか、お兄ちゃんは別の世界に飛ばされたんじゃない、自分の世界を見つけたんだ。

自分の望んだ世界へ行ったんだ。自ら生まれ変わって。

そうか、そうか、そうだったのか。

ひどく愉快《ゆかい》な気分になって、笑いが漏《も》れる。

目に橙色が沁みる。ああ、夕日だ。大都会で見る夕日もいいものだ。

逢魔が時の始まりだ。魔物に出くわす時間帯。

でも僕が逢ったのは、魔物なんかじゃなかった。

ずっと、ずっと会いたいと願っていた人だった。

逢魔が時じゃない、逢兄《おうけい》が時だ。

逢兄、おうけい、ＯＫか。

自分でもおかしくなって腹の底から声を出し、笑う。行き交う人に、訝しげな視線を投げかけられても。

いいじゃないか、今は少しぐらい奇妙《きみょう》な人がいたって許される時刻だ。

そうだ、今度田中花実に会うことがあったら、話してあげよう。

パラレルワールドは存在したよ、そこでの時間をちゃんと生きている人がいたよ、生まれ変わりもあるんだよ、来世を待たずともそれをすることは可能なんだよ、と。

あの子ならきっとわかってくれるだろう。

眠らない街にも日は昇り、日は沈む。そこで生きる人がいる。

田中さん、先生は愉快でたまらないよ。

でも何でだろう、さっきから茜色がにじんで仕方がないんだ。あとからあとから涙《なみだ》が湧《わ》いてくるんだ。

先生は涙がこんなに熱いものだと知らなかったよ。

きっとこの夕日のせいだろう。

あたりを溶《と》かすように赤く染めて燃え落ちていく夕日が熱いからだ。

なあ、そうだろう？　田中さん。

装画
樋上公実子

装丁
山下知子

※本作品は、すべて書き下ろしです。

※本作品はフィクションであり、
登場する人物・団体・事件等はすべて架空のものです。

**鈴木るりか**（すずき・るりか）

２００３年10月17日東京都生まれ。小学四年、五年、六年時に三年連続で、小学館主催の『12歳の文学賞』大賞を受賞。２０１７年10月、14歳の誕生日に『さよなら、田中さん』でデビュー。10万部を超えるベストセラーに。韓国や台湾でも翻訳される。２０１８年、地方の中学を舞台にした2作目の連作短編集『14歳、明日の時間割』を刊行。韓国でも翻訳される。現在、都内私立女子高校一年生在学中。

編集　片江佳葉子


# 太陽はひとりぼっち

二〇一九年十月十七日　初版第一刷発行

著者　鈴木るりか
発行者　飯田昌宏
発行所　株式会社小学館
〒一〇一－八〇〇一　東京都千代田区一ツ橋二－三－一
編集　〇三－三二三〇－五八二七　販売　〇三－五二八一－三五五五
DTP　株式会社昭和ブライト
印刷所　大日本印刷株式会社
製本所　牧製本印刷株式会社



ISBN 978-4-09-386556-2